당신은 당신의 삶을 바꾸어야 한다

라이너 마리아 릴케 — 삶을 위한 일곱 개의 주석

울리히 베어 엮음 이강진 옮김

Du mußt dein Leben ändern

당신은 당신의 삶을 바꾸어야 한다

라이너 마리아 릴케 —
삶을 위한 일곱 개의 주석

EDITUS

E

이 책을 읽게 된 당신께

릴케만큼이나 우리의 삶에 지대한 영향을 미친 시인이 또 있을까요? 이것은 비단 그가 세계문학사에 커다란 한 획을 그은 시인이었기 때문에, 혹은 그의 작품들이 우리 문학에 지대한 영향을 미쳤기 때문만은 아닙니다. 우리는 지금 이 순간에도 결혼식 축사로, 졸업 축하 연설로, 각종 현판의 문구들로, 편지 말미의 장식이나 덕담으로, 도처에서 그의 언어를 셀 수 없이 마주치고 있는 것입니다. 혹 누군가는 이를 두고 시인의 언어가 훼손된 것이라 개탄해 마지않을지도 모르겠습니다만, 적어도 릴케의 경우에 한해서라면, 그와 같은 우려와 탄식은 그다지 어울리지 않으리라 말씀드리고 싶습니다. 다름 아닌 릴케 자신부터가, 이미 그의 글이 삶 속에서, 삶을 위하여 읽히기를 바랐던 까닭입니다. 그는 자신의 작품들이 문예학의 전문가들에 의해 값비싼 난초처럼 다루어지기를 원하지 않았으며, 반대로 그것들이 삶의 도처에서, 우리가 언제나 피할 수 없이 직면해야 할 삶의 장면들 가운데서 울려 퍼지기를 소망했던 것입니다.

이 책은 1900년부터 릴케의 작품들을 출간해 온 유서 깊은 출판사에서, '삶'이라는 주제에 대한 그의 문장들을 선별하여 선보인 저작입니다. 물론 이 책은 단순한 잠언집이 아니며, 오랫동안 릴케의 문학에 깊이 천착해 왔던 엮은이의 사려 깊은 편집이 개입된, 엄연한 하나의 창작물로 기획되었습니다. 본문을 구성하고 있는 일곱 개의 장들은, 말하자면 삶이라는 커다란 주제에 대한 시인의 무수한 답변의 시도들을 한데 엮어, 새로이 일곱 개의 짧은 글로 간추려 낸 일종의 비평적 꼴라주들인 셈입니다. 여기서 제가 구태여 릴케의 '가능성들'이라는 표현을 택한 까닭은, 릴케 자신으로선 아마도 이 책이 제공하고 있는 것과 동일한 메시지를 도저히 제시해 낼 수 없었으리라 확신하기 때문입니다. 이 책은 릴케가 평생에 걸쳐 발표한 글들을 압축하고 요약하려는 것이 아니라, 반대로 그것들을 두루 훑어보는 것만으로는 도저히 닿을 수 없었을, 오직 서로 공명하는 부분들만을 한데 모아 들여다볼 때에야 비로소 가능했을 새로운 사유를 제공하는 데에 그 목적을 두고 있습니다.

그렇기에 이 책은 보기에 따라서는 릴케의 일부만을 보여드릴 수 있는 더없이 작은 구멍에 불과하겠지만, 다른 한편으로는 릴케 자신조차 쉬이 보여 줄 수 없었던 내밀한 지점들을 드러내 보일 열쇠 구멍이기도 합니다. 엮은이는 그가 뽑은 일곱 개의 소제목들을 통해 우리의 시선이 향해야 할 방향들을 앞질러 제시하고 있지만, 여러분들께서 이 책의 책장을 덮을 즈음이라면, 그것들이 실제로는 하나의 전체를 구성하려 애쓰고 있었음을 어렵지 않게 느끼실 수 있을 것입니다. 그러니 만약 이 책의 목소리를 귀 기울여 들어 볼 의향이 있는 분이시라면, 잠언집을 뒤적이듯이 책의 이곳저곳을 훑기보다는, 다소간의 어려움이 따를지라도, 부디 이 책을 하나의 완결된 전체로 여기고 처음부터 끝까지 책장을 넘겨보시기를 권해 드리고 싶습니다. 그렇게 된다면 이 책은 더 이상 릴케에 대한 불완전한 소개가 아니라, 우리가 앞으로 릴케를 읽어 나갈 수 있는 길을 제시해 주는 소중한 등대로 탈바꿈하게 될 것입니다.

마지막으로 한 가지 덧붙이자면, 혹여 이 책에 수록된 문장들을 온전한 릴케의 말로 (특히 학술적인 목적으로) 인용하고자 하는 분께서는, 모쪼록 시인 자신의 글에서 정확한 문장을 다시 한 번 찾아보시길 권해 드리고자 합니다. 여기에서는 릴케의 여러 문장들을 새로운 하나의 전체로 재구성하기 위해, 의도적으로 본문의 정확한 출처들이 생략되어 있을 뿐만 아니라, 전후 맥락의 탈락으로 인해 모호해진 수식 관계가 오히려 적극적인 중의적 해석과 변주의 가능성으로 활용되고 있기 때문입니다.

내적 삶과 외적 삶을 하나의 울림으로 데리고 가기

Das äußere und innere Leben in Einklang bringen

당신을 위로하려는 사람이, 당신에게 이따금 힘이 되는 그런 단순하고 소박한 말들 안에서만 살아가고 있으리라 여기지는 말아 주시기 바랍니다. 그의 삶은 분명 당신의 그것보다 훨씬 더 많은 고난과 슬픔 속에 자리하고 있을 테니 말입니다. 만약 그렇지 않았다면, 아마도 그는 당신에게 그와 같은 말들을 전할 수가 없었을 것입니다.

옳으신 말씀입니다. 계획들 역시 우리에게 충분한 활력을 제공해 줍니다. 그리고 어느 누가 감히 단언할 수 있을까요? 계획들이 우리를 미리 정해진 자리로 이끄는 와중에도, 우리가 스스로를 얼마만큼 변화시킬 수 있을지를 말입니다.

이따금 저는 소망의 실현이 소망 그 자체에 반드시 필요한 것인지를 자문해 보곤 합니다. 물론 빈약한 소망의 경우라면 반쪽짜리에 지나지 않을 것이므로 온전한 것이 되기 위해서는 그것의 실현을 나머지 반쪽으로서 필요로 하게 마련입니다. 그러나 놀랍게도 어떤 소망들은 완전하고 충만한 것, 신성한 것에 이를 때까지 계속해서 자라나기도 합니다. 다시 말해 더 이상 자기에게 무언가를 덧붙이길 허락하지 않는, 오로지 자기 자신으로부터 자라나고, 스스로를 형성하며, 스스로 충만해지는 존재가 될 때까지, 그렇게 소망은 계속해서 자라날 수 있는 것입니다. 그러니 우리는 때때로 다음과 같이 생각할 수 있을지도 모르겠습니다. 매 순간의 사건들과 계기들에 의해 주어지는 어떤 커다란 소망들에 관계한다는 것이야말로, 혹은 당겨져 있다 풀려난 용수철처럼 내면으로부터 튀어 오르면서, 처음 그것이 어디에 매여 있었는가를 더는 알지 못한 채, 행동에서 행동으로, 작용에서 작용으로, 그렇게 삶을 향해 솟구쳐 오르는 그런 소망들에 관계하는 것이야말로, 그리하여 오직 본질적인 층위에서, 마치 강렬하게 내리꽂히는 물줄기처럼, 스스로를 행위로, 감정으로, 직접적인 현존으로, 기쁨에 찬 의지로 변화시켜 가는 그와 같은 소망들에 관계하는 것이야말로, 삶이 갖는 위대함과 강렬함의 근원이었을지도 모르겠다고 말입니다.

관조란 대단히 놀라운 것입니다만, 여전히 우리는 그것에 대해 모르는 바가 많습니다. 관조와 더불어 우리는 온전히 바깥을 향하지만, 만약 우리가 최고도로 그러한 상태에 이르게 되면, 관찰되지 않은 상태를 열망해 온 사물들이 마치 우리의 내면으로부터 생겨나는 것처럼 보이기 시작합니다. 그리고 사물들이 이처럼 온전하면서도 기묘한 익명의 상태로, 우리 안에서 스스로 생겨나는 동안에도, 여전히 사물들의 의미는 우리와 관계없이 바깥을 향해 자라나게 됩니다. 보다 강하고 확신에 차 있는 이름이, 저 사물들에 유일하게 허락될 이름이, 직접 마주하는 일 없이도 우리로 하여금 거기서 일어난 일을 우리 자신의 내면으로부터 복되고 경건하게 깨닫게끔 만들어 줄 그러한 이름이…… 아주 조용하게, 아주 멀리서부터, 아직 낯설면서도 이미 더없이 가까워진 순간이 남기고 간 표식 안에서, 또 다른 낯선 사물을 이해하면서……

저의 편지가 정말로 도움이 되고 있는지 저로서는 종종 의심스러운 것이 사실입니다. 물론 그렇다고 해서 애써 "네, 큰 도움이 되고 있습니다"라는 식으로 말씀하지는 말아 주시기 바랍니다. 감사의 말일랑 제쳐 두시고, 앞으로 다가올 것들을 가만히 기다려 보도록 합시다. 제가 당신의 말 하나하나에 관여하는 것은 아마 무의미한 일일 것입니다. 왜냐하면 제가 당신의 회의적인 경향에 대해서, 외적인 삶과 내적인 삶을 하나의 울림으로 데려가지 못하는 당신의 상태에 대해서, 또는 당신을 들볶고 있는 그 밖의 모든 것에 대해서 말씀드릴 수 있는 것은 언제나 이미 앞서 말씀드린 바와 꼭 같을 것이기 때문입니다. 소망을 품을 것, 그리고 소박한 것들에 대한 믿음을 지닐 것. 아마 이 정도만 하더라도 이미 꽤나 커다란 인내심이 필요하다고 느끼실 수도 있겠지만 말입니다. 당신은 점차 어려운 상황들을, 또 당신을 사로잡고 있는 고독을 신뢰할 수 있게 될 것입니다. 그 외의 나머지 것들일랑 삶 속에서 스스로 흘러가도록 내버려 두십시오. 부디 제 말을 믿어 주시기 바랍니다. 삶은 어떠한 경우에든 옳게 마련입니다. 그리고 감정에 관해서라면, 저로서는 이렇게 말씀드리고 싶습니다. 만약 감정이 당신을 잘 드러내 주고 당신을 끌어올릴 수 있는 것이라면, 그와 같은 모든 감정은 순수한 것입니다. 반면 감정이 당신의 존재 안에서 어느 한 부분에만 집착하려 들고 그것만을 이리저리 비틀어 대고 있다면, 그와 같은 감정은 반드시 불순한 것일 수밖에 없습니다. 당신으로 하여금 지나간 유년시절을 떠올릴 수 있게 하는 것이라면, 그것은 좋은 감정입니다. 당신이 이제껏 누려 보았던 최고의 시간 이상의 것을 제공하는 감정이라면, 그것은 무엇이든 정당한 것입니다. 어떤 고양감이든 좋습니다. 만약 그것이 당신의 피 속에 온전히 흐르고 있는 것이라면, 혹은 도취나 음울함 따위와는 다르게, 그 근원이 분명한 기쁨이라면 말입니다. 제 말이 이해가 되시는지요? 아울러 당신의 의심 역시도, 만약 당신이 그것을 잘 키워 낸다면, 하나의 훌륭한 특성이 될 수 있습니다. 물론 그것은 반드시 지적인 의심이 되어야 하며, 비판이 되어야만 합니다. 만약 의심이 당신을 물들이려고 한다면, 어째서 무언가가 당신에게 불쾌하게 느껴지고 있는가를 의심에게 물어보시기 바랍니다. 의심에게 증거를 요구하고, 그에 대한 검증을 시도하게 되신다면, 아마도 당신은 의심이 어찌할 바를 모르며 당황하는 것을 발견하실 수 있을 겁니다. 어쩌면 의심이 반항을 하려 들 수도 있습니다. 그렇더라도 부디 약해지지 마시고, 의심에게 논증을 요구하면서 빈틈없고 철저하게 행동하시기 바랍니다. 당신이 그렇게 할 때마다, 의심이 더는 파괴자가 아니라 당신을 위한 최고의 일꾼으로 활약하는 날이 점차 다가오게 될 것입니다. 친애하는 카푸스 씨, 이 정도가 제가 오늘 말씀드리고자 마음먹은 내용의 전부입니다. 다만 여기에 덧붙여서, 프라하의 『독일 작품』에 수록되어 있는, 짤막한 시편을 따로 인쇄해 보내 드릴까 합니다. 이 시에서 저는 당신께 삶과 죽음에 대해서, 그것들의 위대함과 훌륭함에 대해서 좀 더 말씀드리게 될 것입니다.

아무래도 저는 어떤 화해의 상태에 도달하기만을 학수고대하게 될 것 같습니다. 인내란 언제나 좋은 것이라는 사실뿐만 아니라, 만약 무언가가 일어날 수 있다는 것이 본질적으로 정당화될 수 있다면, 그것이 일어나지 않은 상태로 머무르기란 불가능하리라는 사실 역시 저로서는 받아들일 수밖에 없기 때문입니다. 비록 지금으로서는 거기에 필요한 조건들이 결여되어 있다 할지라도, 저는 언젠가는 이 과제들에 착수하고 그것들을 끝마치게 될 것입니다. 만약 그러한 일들이 진정 그토록 필요한 것인 한편, 제가 지금 믿고 있는 바와 같이 제 안에서 자연스러운 요구를 자아낼 수 있다면 말입니다. 저는 이 삶을 순리대로, 혹은 필연적으로 다가오게 될 여러 요청들에 응답하는 방향으로 최대한 이끌어 갈 것입니다. 그리고 언젠가는 그러기를 그만두게 될 것입니다. 그만두는 것이 과연 가능할지를, 만약 그렇다면 어떠한 방법으로 그러해야 할지를 생각해 보게 된다면 말입니다.

누구든 자신의 과제 안에서 삶의 중심을 발견해야만 하며, 그곳으로부터 한껏 다채롭게 자라나게 되는 법입니다. 다른 이가 그러한 과정을 지켜보는 일이 있어서는 안 되며, 특히나 그것이 가까운 친구나 연인이라면 더더욱 그러합니다. 어쩌면 그 자신조차도 저 과정을 지켜보아선 안 될지도 모르기 때문입니다. 여기에는, 그러니까 자기 자신을 내다보는 이 시선 속에는, 일종의 순수함이나 정결함이 깃들게 됩니다. 말하자면 이것은 마치 우리가 그림을 그릴 때와 마찬가지의 상태입니다. 시선은 사물과 결합되고 자연과 한데 엮여 있으면서도, 손은 홀로 그 자신의 길을 따라 나아가고, 그러는 와중에 때로는 두려움에 사로잡히거나 흔들리다가도, 이내 다시 기쁨에 젖어, 무언가를 바라보는 일 없이도 그저 빛나고 있는 저 별들처럼 가만히 얼굴 아래로 깊이 가라앉는 것입니다. 제가 생각하는 저의 작업 방식은 항상 그러했습니다. 얼굴이 먼 곳을 향한 시선을 머금는 동안에도, 손은 그 자리에 홀로 남겨져 있는 것입니다. 사실 그래야만 한다고 말씀드리고도 싶습니다. 그렇게 할 때에야 저는 다시금 시간과 한데 어우러질 수 있을 것이기 때문입니다. 물론 그러기 위해서 저는 지금처럼 외로움 속에 지내야만 할 것이며, 저의 외로움은 말하자면 누군가의 발걸음을 두려워하지 않으면서도, 또한 이제껏 누구의 발걸음도 허락해 본 적 없는 숲과 같은, 그렇게 단단하고 확고한 무언가가 되어야만 할 것입니다. 그러한 외로움은 자기가 가진 모든 특별함을, 모든 예외성을, 의무들을 잃어버려야만 합니다. 외로움이 곧 일상이 되어야 함은 물론이며, 동시에 자연스럽고 반복적인 것이 되어야만 합니다. 그것이 설령 덧없기 그지없는 생각일지라도, 제게 다가오는 생각들은 언제나 저를 완전한 외톨이로 여길 수 있어야만 하며, 그럴 때에야 그것들은 다시금 저를 믿게 될 것입니다. 외로움을 떨쳐 버려야 한다는 것만큼 화가 나는 일은 제게 달리 없을 것입니다. 사실 이제까지는 거의 그런 상태였긴 했지만 말입니다. 그렇기에 저는 이제 먼 길을 떠나야만 할 것 같습니다. 밤낮없이, 지나간 모든 것들 그리고 이리저리 뒤엉킨 모든 것들을 지나서 말입니다. 만약 제가 저의 방황이 처음 시작되었던 교차로에 다다르게 된다면, 그곳에서 저는 저의 작품과 저의 길을 다시 처음부터 시작해 보고 싶습니다. 소박하고 진지하게, 지금 제가 바로 그렇듯이, 초심자로서 말입니다. 우리가 하나의 의미로부터 울려 나오는 어두컴컴한 수수께끼 속에 서 있으며, 그 안에서 우리가 서로를 이해할 수 있다고 생각할 때마다, 제게는 그것이 더없이 소중하고, 또 마음 깊은 곳에서 우러나오는 즐거움으로 다가옵니다. 제게는 마치…… 우리가 한데 어울려 끝없는 발전을 이루어 갔던 것만 같이 느껴지는 것입니다. 세계 속에서 우리가, 그리고 우리 안에서 세계가……

스티나 프리젤Stina Frisell* 은 최근에 다시 여행을 떠났습니다. 열여덟 해 반을 살아온, 그리고 이제는 그녀와 마찬가지로 "삶 안으로" 인도되어야 할, 그녀의 작은 카린과 함께 말입니다.

* 스티나 프리젤은 스웨덴 사업가의 아내로 1904년 릴케가 스웨덴에 머물 때 알게 된 지인이다. 릴케는 그녀와 함께 1906년 클뤼니 박물관을 방문했으며, 그곳에서 6면으로 이루어진 벽걸이 양탄자를 보게 된다. 릴케는 그것을 모티브로 「여자와 유니콘Dame à la licorne」을 써서 그녀에게 헌정한다.

그럼에도 불구하고 제게는 마치 제가 보이지 않는 무언가를, 다른 무엇보다도 더 눈에 띄지 않는 무언가를, 굳이 말하자면 일종의 기초를 세우고 있는 것만 같이 느껴집니다. 아니, 그렇게 말한다면 너무 거창할지도 모르겠습니다. 제가 보기에, 저는 지금 언젠가 세워져야 할 무언가를 위해 땅을 고르고 있거나, 혹은 (사람들이 흔히 말하기로는) 하루 벌어 하루를 살아가는 막일꾼에게나 어울릴 듯한, 그런 겉으로는 드러나지 않는 일들에 매달려 있는 것 같습니다. 이러한 사정에 대해서는 그러나 불평할 것도 애석해 할 것도 없습니다. 아마도 이 시간을 이렇게 부르는 편이 최선일 것 같습니다. 이것은 일종의 휴양이라고, 그리고 이 시간은 그렇게 흘러가야만 한다고 말입니다.(소심함 때문에, 그리고 쉽게 단념하는 기질로 인해 매번 일과 휴양을 절반씩 뒤섞는 식의 행동을 우리는 멀리해야 할 것입니다). 물론 제게 이 시간에 할애할 의욕이 충만해 있는 것은 아니거니와, 이 시간 동안 이루어야 할 무언가를 제가 품고 있는 것도 아닙니다. 이를테면 어떤 기점이나 증명 같은, 또는 시험 속에서 저 자신을 이겨 냈다는 사실 같은 것들 말입니다. 말하자면 그렇습니다만, 그래도 이 시간은 어쨌든 제게 좋은 한때가 될 겁니다. 무언가를 축적하는 시간으로서는 아닐지라도, 적어도 그러한 축적을 준비하는 시간으로서는 말입니다. 제게 여름이 최고의 순간이었던 적은 한 번도 없습니다. 예나 지금이나 여름은 제게 그저 견뎌 내야 할 대상일 뿐이었습니다. 그러나 가을은 분명 올해도 저를 위해 마련된 시간이 될 것임에 틀림없습니다. 만약 제가 가을빛으로 물든 커다란 낙엽송 곁의 조그마한 방에서, 바다 가까이에서, 홀로 건강하게 그리고 고요하게 지낼 수만 있다면(그것이 준데 지방이나 코펜하겐 근교가 된다면 더는 바랄 것이 없겠지요), 저의 삶 속에서 많은 부분이 변화될 것이며, 저는 여러 복된 순간들을 이 세계에 선사할 수 있게 될 것입니다.

어떤 유일한 것, 시급한 것이 필요합니다. 스스로를 자연에, 강한 무언가에, 노력하는 것에, 밝음에 절대적으로 결합시키는 것으로서 말입니다. 아울러 그것은 더없이 작은 것, 혹은 더없이 일상적인 것 안에서 어떤 순수한 전진을 실현하는 것이 되어야만 합니다. 우리가 기쁘게 붙잡은 것들 속에서, 아직 드러나지 않은 먼 곳을 향한 우리의 모든 시선 속에서, 우리는 비단 지금의 이 순간과 그 다음에 다가올 순간만을 변화시키는 것이 아닙니다. 우리는 그것들과 더불어 우리 안에 둥지를 틀고 있는 모든 지나간 것들을 변화시키고, 그것들을 우리 안에 짜 넣으며, 그럼으로써 우리가 알지 못했던 고통의 생경한 형체를 풀어 낼 것이기 때문입니다. 그리고 그럼으로써 우리는 마침내 알게 되는 것입니다. 저 고통이 과연 무엇으로 이루어져 있는지, 그리고 그것이 얼마나 많은 삶의 동력을 우리의 혈관 안에 흘려 넣었는가를!

만약 틀에 박힌 노력이(어쨌거나 그것은 기만입니다!) 마치 자신이 눈앞에 닥쳐온 고난들을 체계적으로 덜어줄 수 있거나 흩어 버릴 수 있다는 듯이 오만하게 구는 날이 온다면, 제게는 그 어떤 것도 그보다 혼란스러울 수는 없을 것 같습니다. 상투적인 노력이라는 것은 실제로는 고난 그 자체보다 훨씬 더 심각하게 다른 것들의 자유를 억누르는 까닭입니다. 오히려 위기야말로, 만약 우리가 그것을 믿어 주기만 한다면, 형언할 수 없을 만큼 순순히 그리고 더없이 부드럽게, 우리가 어떻게 그것을—외적으로가 아니라 내적으로—모면해야 할지를 알려 줍니다. 그러니 만약 누군가의 처지를 개선하고자 한다면, 우선은 그가 처해 있는 환경을 떠올릴 수 있어야 할 것입니다. 물론 이것은 자신이 자아낸 형상을 마주하는 시인의 시선과는 전혀 다른 방식일 수밖에 없습니다. 타고난 재능으로 말미암아 더욱 더 부주의해지고 마는, 그럼으로써 불가능하기 그지없는 도움을 주겠다며 나서는 그런 사람들이 주장하는 변화란 얼마나 하잘것없는지요. 아마도 그런 사람의 눈에는 다른 이의 처지를 변화시키고 개선하고자 하는 것이, 전혀 다른 어려움들을 동원해 그 자신이 이미 경험해 보았던 익숙한 어려움들을 갈음하는, 아마도 그의 입장에서 보기에는 훨씬 당혹스러운 어려움들을 제공하는 일처럼 여겨질 것입니다.

왜냐하면 근본적인 차원에서 보자면 그 누구도 삶 속에서 다른 이를 도울 수 없기 때문입니다. 매번 갈등이나 혼란스러움을 마주할 때마다 우리는 다음과 같은 사실에 다시금 도달하게 됩니다. 인간은 혼자라는 사실 말입니다.

하지만 이것은 보기와 다르게 그리 나쁜 소식은 아닙니다.

누구나 자기 안에 자신의 운명을, 자신의 미래를, 자기만의 폭과 자기의 세계를 품고 있다는 것이야말로 삶의 가장 훌륭한 점일 것이기 때문입니다. 물론 이따금 자기 안에 존재하는 것, 다시 말해 자기의 고유한 내면을 견뎌 내는 것이 어려울 때도 있습니다. 이와 같은 어려움은 우리가 보다 확고하게, 또는—어쩌면 이렇게 말하는 편이 보다 온당할 것입니다—완고하게 자기 자신만을 고집해야 할 그런 순간들 속에서, 스스로를 자기 바깥의 무언가와 결합시키려 할 때에 찾아오게 됩니다. 그럴 때면 정작 우리에게 중요한 사건들은 우리의 고유한 중심점으로부터 떨어져 나가, 바깥의 낯선 것으로, 타인들에게로 옮아가 버리는 것입니다. 보시다시피 이것은 지극히 간단한 무게중심과 균형의 문제입니다. 그리고 이런 상황에서는 오직 무거운(또는 어려운) 것만이 분명한 역할을 해낼 수 있는 법입니다.

부모에게서 삶을 배운다는 것은 있을 수 없는 일입니다. 그들이 가르쳐 줄 수 있는 것이라고는 그들의 삶에 불과하기 때문입니다.

누구든 오직 스스로 생각하고, 스스로 일하며, 스스로 배우는 지점까지만 인도되어야 합니다. 한데 모여 앉은 이들 중 어느 누구도 상처 입히지 않으면서 말할 수 있는 진실이란 그다지 많지 않습니다. 그러니 학교에서 가르칠 수 있는 내용들이란 바로 이와 같은 몇 안 되는 진실들뿐인 것입니다. 학교는 학급이 아니라, 무엇보다도 학생 개개인을 위한 공간이 되어야만 합니다. 삶과 죽음, 그리고 운명은 무엇보다도 개인들 각각의 개인들에게 주어진 몫이기 때문입니다. 만약 학교가 다시금 활력을 되찾고자 한다면, 학교는 저 위대하고도 진실한 사건들과의 관계를 획득해야만 할 것입니다.

모든 경험들에는 우리가 그것을 겪어 내기 위한 저마다의 특별한 속도들이 존재하게 마련입니다. 각자에게 알맞은 속도 안에서, 각각의 경험들은 비로소 새롭고 깊이 있는, 그리고 풍부한 것으로 거듭날 수 있는 것입니다. 그러니 지혜라는 것은, 결국 여러 상황들 속에서 그에 맞는 특별한 속도를 발견해 내는 능력이라 할 수 있겠습니다.

왜냐하면 의도를 가지는 것만큼 도움의 손길을 방해하는 것은 달리 없기 때문입니다.

당신도 알고 계시겠지만, 저는 위대한 것들 곁에서 저만의 척도와 힘들을 배양하기를 원합니다. 저는 어렸을 때부터 이미 늘 스스로를 나이 많은 형제들처럼 크고 성숙한 인간들 사이에 합류시키고자 해왔습니다. 왜냐하면 저는 그저 그런 것들, 혹은 별 볼 일 없는 이들과의 관계에 가치가 있다고는 한 번도 생각해 본 적이 없기 때문입니다. 그래서 저는 종종 스스로가 뒤집힌 질서 속에서 살아가고 있다는 인상을 받곤 했지요. 반면에 사람들은 대부분 이러한 저의 인상과는 정확히 반대되는 방식으로 삶을 받아들이고, 그럼으로써 자신들의 삶이 지극히 일상적인 것들로부터 비롯되게끔 만들곤 합니다. 일상적인 삶이 마침내 비범한 것의 문턱까지 차오를 때까지, 아니, 그것들이 마침내 비범한 것 안에 뒤섞여 버리고 말 때까지 말입니다. 어쩌면 많은 사람들이 보기에는 이런 뒤섞임이야말로 가치 있는 일이자 정당한 일처럼 여겨지고 있을지도 모릅니다. 제가 보기에 이런 식으로 이루어지는 상승이나 고양이라는 것은 그야말로 불가능한 것이지만 말입니다. 저는 아마도 그런 곳에서라면, 예전에도 그랬던 것처럼 대번에 영혼이 혹사당하고 육체적으로도 탈진해 버려서, 일상적인 삶이 이제 막 시작되려는 바로 그 순간에 틀어박힌 채 잔뜩 웅크려 있든지, 혹은 그대로 죽어 버렸을 것만 같습니다. 그러나 바로 저 순간에 처음으로 예의 힘들이 끼어들었습니다. 저를 눈앞의 장애물들을 향해 밀쳐다 둠으로써, 저를 시간의 힘에 구애받지 않는 위대한 과업들의 문턱으로, 제가 이미 남들과는 다른 방식으로 성숙해 있었음에도 불구하고 여전히 덤벼들 엄두를 내지 못하고 있었던 그러한 과업들의 출발점으로 데려다 놓았던 바로 그 힘들이 말입니다. 그곳에서 저는, 이 일종의 피안에서, 비록 삶이 자아내는 어려움들을 완전히 물리친 것은 아니었지만, 그러한 어려움들을 넘어선 채로 저의 작업을 시작할 수 있었습니다(그리고 루**는 그것을

** 루 안드레아스-살로메(1861-1937)는 작가이자 에세이스트인 동시에, 심리분석가이기도 했다. 릴케는 연인이었던 그녀로부터 지대한 영향을 받았으며, 루와 함께한 러시아 여행에서

도와준 첫 사람이었죠). 그럼으로써 저는 저의 모든 근심들로부터 자유로워졌고, 이제껏 한 번도 발을 들여 본 적이 없었던 곳에 첫걸음을 내딛은 듯한 기분에 사로잡힐 수 있었습니다. 삶이 제게 그토록 적대적이었던 것이 아니라, 다름 아닌 저 자신이 저를 포함한 모든 다른 존재들에 적대적이었음을 깨닫는 더없이 소중한 경험을 통해, 저는 마침내 삶에 대한 사랑으로 들어설 수 있게 되었던 것입니다. 그곳에서 저는 형언할 수 없이 지혜로운 손길들로부터 헌신에 대한 정당성을 부여받았고, 또 저의 성장을 누릴 수 있었습니다. 아래에서는 저를 위협하는 것이었을 테지만, 저 위에서는 위대한 힘들 가운데 거하며 저의 아름다움으로 거듭났던 그런 헌신을, 그리고 또한 제가 무한하게 저를 내맡겨도 좋을, 그런 저의 성장을 말입니다.

제가 만약 저 위에서, 제 삶의 보다 성숙한 부분들과 대부분 함께했던 저곳에서 버티고 설 수 있게 된다면, 저는 그럼으로써 현실적인 것, 어려운 것, 의무에 속한 것들에 더는 사로잡혀 있지 않게 되는 것은 아닐까요? 그리고 만약 제가 충분히 나아간다면, 위와 아래의 차이가 희미해지는 그런 상태에 도달할 필요가 없어지지 않을까요? 무언가 다른 길을, 저 아래에 난 길을 정직하고도 묵묵하게 끝까지 걸어간 이들에게도 언젠가 그러했던 것처

『하느님 이야기』와 『기도시집』으로 대표되는 범신론적 신비관을 얻었다.

럼 말입니다.

그러나 결심들만큼이나 경솔한 것도 달리 없을 것입니다. 결심을 계속해서 반복하는 동안 우리는 그만 지쳐버려서, 그것을 실행할 힘조차 남아 있지 않게 되어 버리고 마는 까닭입니다.

만약 삶의 전문가가 되고자 한다면, 우리는 다음의 두 가지를 반드시 염두에 두어야 할 것입니다. 첫째는 사물과 향기, 감정, 지나간 것들, 아침놀과 동경들이 한데 어우러져 만들어 내는 위대한 멜로디이며, 둘째는 이 충만한 합창을 채워 주고 완성시키게 될 각각의 목소리들입니다. 아울러 하나의 예술작품을, 다시 말해 보다 깊은 삶의 형상이나, 비단 지금에만 머무는 것이 아닌 어떤 초시간적인 경험의 상을 정초하고자 한다면, 모쪼록 다음의 두 가지 음성을 올바른 관계 안에서 화합시킬 수 있어야만 할 것입니다. 알맞은 때로부터 울려 나오는 하나의 음성과, 그 안에서 살아가고 있는 사람들로부터 울려 나오는 또 하나의 음성을 말입니다.

삶은 변화입니다

Das Leben ist Veränderung

그러나 삶이란 변화입니다. 좋은 것이 곧 변화이듯, 나쁜 것 또한 그렇습니다. 그렇기에 모든 것을 다시는 되풀이되지 않을 무언가로 받아들이려는 이의 태도는 지극히 옳은 것입니다. 그가 그것을 잊었든 그렇지 않든 간에, 만약 그가 다만 한순간이나마 그 곁을, 그 자리를, 그 분위기를, 그것이 일어났던 세계를 온전히 지켰다면, 만약 그것이 좋은 것이든 나쁜 것이든, 온전히 그의 안에서, 그의 중심부에서 일어났다면—그렇다면 그에게는 더는 두려울 것이 없게 됩니다. 왜냐하면 거기에는 언제나 어떤 중요한 것이, 다음의 것이 존재하게 마련이기 때문입니다. 중요한 것은 사물들을 존재로 충만한 상태로 끌어올려야 할 우리의 몫입니다. 만약 사물들이 우리의 정신을 느낀다면, 그것들은 스스로를 추스를 것이고, 더는 뒤로 물러난 채 있지 않게 될 것이며, 그들이 품고 있는 모든 가능성으로 거듭날 것입니다. 그리하여 모든 새로운 것들 안에는 이제 오래된 것 전체가 온전히 자리하게 될 것입니다. 다만 달라졌을 뿐인 채로, 그러나 많은 것들이 풍요로워진 상태로 말입니다.

우리가 초심자가 되어야만 한다는 것, 이보다 더 복된 앎을 떠올리는 것이 저로서는 도저히 가능할 것 같지가 않습니다. 한 세기에 걸친 사유의 결을 뒤로 한 채, 처음의 한 단어를 써내려가는 이가 되어야만 한다는 것 말입니다.

다소 과장을 해보자면, 이렇게 말씀드리고 싶습니다. 우리는 존재하지 않는다고 말입니다. 우리는 계속해서 스스로를 새롭게 발전시키며, 우리의 존재를 스치는 모든 영향들의 교차점을 지나며 끊임없이 변화해 가는 것입니다.

삶 속에서 초심을 일깨우는 것은 아무리 반복해도 지나치지 않을 일입니다. 이러한 일깨움을 위해서 커다란 외적인 변화가 필요하지는 않습니다. 왜냐하면 우리는 세계를 우리의 가슴으로부터 변화시키기 때문입니다. 하지만 동시에 이러한 변화는 언제나 새롭고 또 끝없는 것이 되고자 하게 마련입니다. 그렇게 세계는 곧 창조의 그날과 같아지고, 무한해지는 것입니다.

별이 총총히 빛나는 하늘을 우리를 둘러싼 모든 곳에 다시금 세울 수 있다는 것은 정말이지 얼마나 아름다운 일인지요. 우울함이 우리를 사로잡고 그늘이 드리워지는 순간에조차도, 그곳에 세워진 법칙만큼은 남아 있을 것입니다. 우리의 필적을, 우리의 손안에 깃들어 있던 선들이 풀려 나와 만들어 낸 그 형식을 간직한 채로 말입니다.

제게 있어 혁명이란 단순하게 그리고 순수하게, 인간을 권리로 인도하는 일입니다. 아울러 그것은 인류가 가장 원하는 일이자, 인류가 가장 잘 해낼 수 있는 일이기도 합니다. 어떤 기획이든 위와 같은 목표를 끝까지 밀고 나가지 않는다면, 제가 보기에 그것은 아무런 전망도 갖지 못하는 기획에 불과합니다. 지난날 스쳐간 여러 정권들과 권력들이 그러했듯이 말입니다.

모든 인간적인 활동들에는 불의가 뒤따르게 마련입니다. 그것들은 차라리 인간적인 활동들 내부에 이미 깃들어 있는 셈이지요. 그러니 우리가 만약 미래를 내다볼 수 있다면, 우리는 불의를 피하기 위한 노력에 시간을 허비해서는 안 될 것입니다. 오히려 우리는 불의를 향해 똑바로 나아가, 그것을 극복해야 합니다.

그것은 내 안에서 들려오는 아주 부드러운 소리이자, 다가오는 물결과도 같은 움직임입니다.

극단적인 무언가를 시작하려는 이들에게도, 스스로를 소박한 균형 안에 머무르도록 내버려두지 못하는 이들에게도, 실패는 결코 실망스러운 일이 되어서는 안 될 것입니다. 이러한 요구가 수없는 시작을 되풀이하며 끊임없이 조립되어 온 우리의 성취에 반하는 것이거나, 혹은 그저 감상적으로 제기된 바일 수는 없을 것입니다. 저 요구야말로 우리의 계획을 위한 근거가 되어야 할 척도인 것입니다.

아이다움이라는 것—그것은 대체 무엇이었을까요? 정말로 무엇이었을까요, 아이다움이라는 것은? 우리가 아이다움에 대해서, 이 난처하기 짝이 없는 질문—그것은 무엇이었을까요?—외에 다른 방식으로 묻는 것이 과연 가능할까요? 그 모든 타오름, 놀라움, 결코 방해받을 수 없었던 그 불변의 성질이란, 그 모든 달콤함, 깊이, 빛나는 눈물이 가득 차오르는 그 느낌이란 도대체 무엇이었을까요?

지금에 와서는 다소 의아하게 들릴지도 모르겠습니다만, 삶은 학교라는 공간 안에서 달라지기 때문입니다. 만약 삶이 어떻게든 더 넓고 더 깊게, 보다 인간적으로 변해야만 한다면, 그러한 변화는 반드시 학교 안에서 일어나야만 합니다. 이후의 시간 속에서 삶은 직업 세계의 과제들과 운명들에 의해 빠르게 굳어져 버릴 것이기 때문입니다. 학교를 떠난 삶에게는 더 이상 자신을 변화시킬 시간이 주어지지 않습니다. 이후의 삶은 그저 주어진 대로 흘러갈 뿐이지요. 반면 학교 안에서는 여전히 시간이, 고요함이, 공간이 주어져 있습니다. 다시 말해 모든 발전을 위한 시간이, 각각의 음성들에 가닿을 수 있는 고요함이, 삶의 모든 전체와 모든 가치들, 그리고 모든 사물들을 위한 공간이 주어져 있습니다.

그러나 지극히 어리석은 무리들이 학교를 이것과 정반대로 만들어 버리고 말았습니다. 그들은 삶 자체와 우리의 현실을 점점 더 학교 밖으로 몰아냈습니다. 그들은 학교를 그저 학교에 불과한 곳으로 만들었으며, 학교를 삶과는 완전히 다른 무언가로 만들어 버렸습니다. 이 우매한 자들은 학교를 삶에 앞서 존재하는 무언가로 여겼고, 삶이란 학교가 끝난 이후에, 어른들을 위한 무언가로 주어지는 것이라고 생각했습니다(마치 아이들은 살아 있는 존재가 아니기라도 하듯이, 삶의 한가운데에 존재하는 것이 아니기라도 하듯이 말입니다). 이 도저히 납득할 수 없는, 부자연스러운 단절로 인해 학교는 마침내 생기를 잃어버리고 말았습니다. 그리고 학교에서 다루어지는 모든 내용들은, 거기에 더 이상 삶의 운동성이 존재하지 않게 됨으로 말미암아, 차갑고 딱딱하게 굳어져 버렸던 것입니다.

이제는 심지어 아이들조차도 급격한 변화를 견디지 못하게 되어 버린 것은, 아이들이 이처럼 아무런 생각 없이 그저 주어진 요구들만을 살아감으로써, 변화란 본래 느닷없이 시작될 수도 있다는 것을 배우지 못하게 되어 버렸기 때문이 아닐까요?

질문을 살아가세요

Leben Sie jetzt die Fragen

흔히 사람들이 떠올리는 그런 방식들의 행복이라면, 저는 전혀 동의할 수가 없을 것 같습니다. 그러나 한편으로 저는, 누군가의 곁에서 스스로 활동하기 시작하는 힘을, 우리가 주어진 과업 속에서 일깨우게 되는 그런 순간 안에 존재하는, 노력을 필요로 하는 행복에 대해서라면 더없이 잘 알고 있습니다.

만약 지난날의 인간적인, 진지하고도 열린 태도로 타인에게 관심을 기울였던 표정을 돌이켜보는 와중에 스스로를 비난해야만 할 것 같다는 생각이 든다면, 우리는 그와 같은 생각을 멈추든지 혹은 흘려보내야만 할 것입니다. 그렇지만 사람들은 저마다 순수하게 물리적인 (왜냐하면 우리는 저마다 '나'라는 몸뚱이로부터 시작되는 것이므로) 척도를 지닌 육신이 자아내는 각자의 밀도 안에서 살아가는 법입니다. 우리가 자기 자신을 살아간다는 것, 각자의 육신이 만들어 낸 공간 안에서 살아간다는 것은, 다시 말해 우리가 저마다의 손이 닿을 수 있는 만큼만의 세계를 살아가고 있다는 것은, 결국 여러 제약들과 구속들을 불러오게 마련입니다…… 그렇기 때문에 우리는 언제나 이제껏 우리가 쌓아 온 것들과 같이, 우리가 확신해 온 바들 가운데서 살아갈 수만은 없는 것입니다. 그런 기대들에 비한다면, 우리의 삶이란 한정된 자유와 모자란 사랑 속에서, 순수하지 못한 상태에 머무를 수밖에 없습니다. 종종 불확실성이나 우유부단함 역시도 우리의 앞을 막아서곤 합니다. 그럴 때마다 우리는 우리에게 다가오는 모든 음성들을 최대한으로 포착하고 확실하게 응답하기 위해서 얼마만큼의 확신이 필요한지를 알 수 없게 되어 버리는 것입니다.

우리의 "삶"이 애호하는 전략들 중에는 가령 이런 것도 있습니다. 순간을 견뎌 내기 위한 방법으로, 오히려 그것을 더 부풀려 버리는 것 말입니다. 이러한 전략은 비단 기억의 영역에서만이 아니라, 우리가 누리는 향유들에 대한 지속적인 이해의 차원에서도 활용되곤 합니다.

우리의 모든 통찰은 사후적인 것입니다.

다음과 같은 말을 크게 말해 보는 것은 좋은 일일 것입니다. "아무 일도 일어나지 않았다"고. 다시 한 번 해보지요. "아무 일도 일어나지 않았다." 도움이 좀 되셨는지요?

삶이라는 것은 너무나도 진실된 나머지, (만약 그것이 하찮은 이유로 생겨난 것이 아니라면) 거짓마저도 전체로서의 삶 안에서는 틀림없이 훌륭한 한 부분으로 존재하고 있습니다.

당신이 삶의 문 앞에 설 때마다, 그것들은 당신을 향해 열리게 될 것입니다. 당신은 삶을 신뢰하는 능력을 얻게 될 것이고, 다른 무엇보다도 어려움에 가장 큰 신뢰를 보낼 수 있는 용기를 얻게 되실 것입니다. 제가 젊은 사람들에게 이야기해 드리고 싶은 주제는 언제나 오직 하나뿐입니다(그리고 이것은 제가 지금까지의 삶으로부터 확실히 알게 된 거의 유일한 깨달음입니다). 바로 우리가 언제나 어려움과 함께해야만 한다는 것 말입니다. 이것이 삶 속에서 우리에게 주어진 몫이자 우리의 역할입니다. 우리는 삶 속으로 충분히 들어섬으로써, 삶이 짐이 되어 우리 어깨 위에 놓일 수 있도록 해야만 합니다. 우리를 둘러싸고 존재하는 것은 욕망이 아니라 삶이어야 합니다.

한번 생각해 보시기 바랍니다. 어린 시절의 당신에게는 알 수 없는 것들과 관계를 맺는 일에 아무런 어려움이 없었던가요? 소녀 시절에는 정말로 어려움이 전혀 없었던가요? 그것들이 마치 검고 무거운 머리카락 다발처럼 늘어져서, 당신의 고개를 커다란 슬픔의 나락으로 끌어내리는 일이 정말로 없었던가요? 당신이 어른이 된 지금이라고 해서, 이런 것들이 모두 달라졌을 리가 없습니다. 만약 사람들이 어른이 되자마자 삶이 별안간 쉬워졌다고, 명랑하고 경쾌해졌다고 느낀다면, 그것은 다만 그들이 삶을 진지하게 받아들이기를, 삶을 실제의 현실 안에서 짊어지기를, 삶의 가장 본질적인 부분을 느끼며 그것을 채워 가기를 그만두었기 때문일 것입니다—삶의 차원에서 볼 때, 이러한 생각은 결코 진보를 이루어 낼 수 없습니다. 말하자면 그것은 자기 자신의 폭과 가능성들을 단지 거부해 버린 데에 지나지 않기 때문입니다. 우리에게 요구되는 것은 어려움을 사랑하는 일이며, 어려움 그 자체와 화해하는 방법을 배우는 일입니다. 어려움 속에서 비로소 친절한 힘들이, 친절한 손들이, 우리를 위해 활동할 수 있게 되며, 그러므로 우리는 무엇보다도 어려움의 한복판에서 우리의 기쁨을, 행운을, 꿈을 발견해야만 합니다. 그럴 때에야 비로소 그것들이 우리의 눈앞에 떠오르게 될 것이며, 우리는 그것들이 얼마나 아름다운가를 진정으로 깨달을 수 있을 것입니다. 우리의 귀중한 미소는 오직 어려움이 자아내는 어둠 속에서만 그 진실한 의미를 얻게 될 것이며, 그럼으로써 우리의 미소는 비로소 깊고도 꿈결 같은 빛을 자아내게 될 것입니다. 그 빛은 한순간에 번지며, 우리 주위에 가득한 보물들과 기적들을 우리가 알아볼 수 있도록 해줄 것입니다. 이것이 제가 조언해 드릴 수 있는 내용의 전부입니다. 그 밖의 것들, 혹은 우리의 모든 앎을 넘어서 있는 것들은 저의 시행들 안에 들어 있습니다. (……) 제게 있어 여성을 이해하는 것은 지극히 자연스러운 일입니다. 무언가를 창작한다는 것은 곧 무언가를 잉태하는 경험이며, 따라서 창작을 수행하는 자의 내밀한 경험이란 여성적일 수밖에 없을 것이기 때문입니다. 옵스트펠데르Sigbjørn Obstfelder*는 언젠가, 한 낯선 남자의 얼굴에 대해 이야기하면서, 다

* 노르웨이의 시인이자 소설가(1866-1900). 세기말의 분위기를 반영한 병적인 그늘이 있는 작품을 남겼다.

음과 같이 쓴 바 있습니다. "(그가 이야기를 시작했을 때) 마치 한 여성이 그의 내면에 자리를 잡은 것 같다." 제게는 이것이, 이제 막 입을 열고자 하고 있는 시인이라면 그 누구에게라도 들어맞을 이야기로 보입니다.

오래 전부터 저는 제게 주어진 것들을 그것들의 고유한 강렬함에 따라 이해하는 데에 익숙해져 왔습니다. 만약 인간으로서 제가 지닌 힘이 사물들의 존재가 계속된다는 사실까지도 끌어안을 수 있다면, 그것들의 지속마저도 말입니다— 사물들이 지닌 모든 것을 믿어 주는 것이야말로, 마지막에 가서 보면 결국 가장 신중하면서도 가장 옳은 방법이었습니다—만약 우리가 어떠한 요구로부터 출발하게 된다면, 우리는 모든 경험들을 더럽히고 비틀게 될 것이며, 자기만의 상상과 내면의 웅성거림 속에서 마냥 머뭇거리게 되어 버리고 말 것입니다. 반면 우리가 결코 바랄 수 없는 무언가는 오직 거기에-주어진 것으로서만 존재할 수 있으며, 그리하여 저는 이 순간 이렇게 생각할 수밖에 없는 것입니다. 때때로 삶이란 다만 더없이 끈질긴 인내에 좌우되는 것이라고!

만약 변화시킬 수 없는 것들이 존재한다면, 그것들이 더는 변하지 않으리라는 사실을 애석해 하거나 단죄하려 들기보다는, 그것들을 그냥 내버려 두시는 편이 좋을 것입니다. 그렇게 저는 제 스스로가 결코 진정한 독자는 아니라는 사실을 받아들였던 것 같습니다. 어린 시절의 저에게 독서란 일종의 직업처럼, 그저 나중에 여러 직업적 삶들이 하나하나 다가올 즈음에야 비로소 짊어지게 될 무언가처럼 보였습니다. 사실 그러한 시기가 도대체 언제 찾아오게 될지에 대해서는 전혀 짐작도 할 수 없었지만 말입니다. 만약 삶이 어느 정도 변화되어, 삶이 그때까지와는 달리 내부에서 솟아 나오는 대신 외부로부터 찾아오게 되면, 저절로 알 수 있게 되리라 믿었던 것 같습니다. 그렇게 되면 모든 것이 뚜렷하고 확실해져서, 더는 아무것도 오해할 일이 없으리라 생각했던 것입니다. 물론 전체적으로 보자면 그렇게 간단하기만 하지는 않을 뿐더러, 오히려 무척 성가시게 얽혀 있고 부담스러울 지도 모르겠지만, 어쨌든 모든 것이 훤히 드러나긴 하리라 여겼습니다. 그렇게 어린 시절 특유의 방종함, 불균형, 결코—제대로—분간할 수 없는 혼란은 그때가 되면 모두 저절로 극복되리라 믿었던 것입니다. 구체적으로 그와 같은 극복이 도대체 어떻게 가능할지에 대해서는 도무지 알 수가 없었으면서도 말입니다. 결과적으로 저 방종함이나 혼란은 시간이 지날수록 점점 더 심해졌을 뿐만 아니라, 이내 여기저기로 번져서, 말하자면 바깥을 내다보려 할수록 내면을 더욱더 어지럽히는 꼴이 되고 말았습니다. 이 모든 난처한 상황들이 대체 어디에서 시작되었는가를 알 길은 없었습니다. 오직 신만이 아실 일이었겠지요. 어쨌든 이런 혼란스러움은 더 이상 어찌할 수 없을 데까지 자라나더니, 한순간에 돌연 기세가 꺾였습니다. 어른들이 저의 혼란을 별로 걱정하지 않고 있었다는 사실을 알아차리기란 어렵지 않았습니다. 어른들이란 이곳저곳을 돌아다니고 이것저것을 판단하며, 그렇게 이러저러한 일들을 해내곤 하지만, 그런 어른들이 직면하는 어려움이란 매번 외적인 사정으로부터 비롯되는 것들뿐이었기 때문입니다.

저는 삶의 변화가 찾아올 그 순간까지 독서를 미루기로 했습니다. 그렇게 되면 마치 친한 사람들 사이에 있는 것처럼 기꺼이 책 속에 파묻힐 수 있을 것이며, 또한 오직 그 순간을 위해 마련된, 규칙적이면서도 즐거운 시간을 정확히 필요한 만큼씩 확보할 수 있으리라 믿었던 것입니다. 물론 어떤 책들이 다른 것보다 훨씬 더 가깝게 다가와, 그것을 읽는 데 삼십 분쯤 정신이 팔린 나머지, 산책이나 약속에, 극장 시간에 늦거나, 다급한 편지에 제때 답을 하지 못할 수도 있으리라는 것마저 부정할 수야 없는 일이었습니다. 그렇지만 독서에 너무나 열중한 나머지 머리가 엉망이 되어버리거나, 귀가 달아오르고 손발이 쇠붙이처럼 싸늘해지거나, 기다란 초가 다 타버려 불이 촛대에 옮겨 붙는다거나 하는 일은, 그때가 되면 다행히도 불가능해질 것이라 생각했던 것입니다.

시대가 절실히 요구하는 것은 언제나 위대한 개인들, 남들과는 다른 이들입니다. 미래란 언제나 이들의 존재를 통해서 그 가능성을 획득해 왔기 때문입니다. 그럼에도 불구하고 아이들이 드러내는 개인성은 언제나 무시당하고 하찮게 여겨지기 일쑤인데다—아마도 아이들에게는 이것이 가장 큰 상처가 될 것인데—심지어 비웃음의 대상이 되기까지 합니다. 사람들은 마치 아이들에게는 아무런 고유성이 없는 것처럼 대할 뿐만 아니라, 아이들의 원동력이라 할 수 있는 내밀한 보물들을 폄하하기 일쑤입니다. 다른 이유도 아니고, 아이들에게 평범하기 그지없는 자리들을 배정해 주기 위한 목적에서 말입니다. 어른들이라면 몰라도 아이들에게 이것은 견디기 어려운 처사일 수밖에 없습니다. 누구나 자기만의 견해를 가질 권리를 보장받고 있음에도, 아이들에게만큼은 그것이 허용되지 않고 있습니다. 오늘날에는 교육이라는 과정 전체가 그야말로 아이들과의 끝없는 싸움이 되어 버리고 말았습니다. 이 싸움에서 양편이 끝내 얻게 되는 것은 우리가 생각할 수 있는 가장 나쁜 결말일 테고 말입니다. 학교는 이제 부모들이 시작한 것을 그저 계속할 뿐인 공간이 되었습니다. 학교는 이제 개인성에 대한 체계적인 공격이 되어 버린 것입니다. 오늘날 학교는 모든 개별적인 것들을, 개개인의 소망이나 동경을 무시함으로써, 그것들을 한낱 대중적인 수준의 범속함으로 찍어 누르는 것을 그들의 과업으로 여기고 있습니다. 그러나 우리는 모든 위대한 인물들의 생애에서 다음과 같은 공통점을 발견하곤 합니다. 그들은 학교를 통해서 그들이 이룩해 낸 바에 도달할 수 있었던 것이 아니라, 학교를 다녀야 했음에도 불구하고 그토록 위대해질 수 있었다는 사실을 말입니다.

모든 것을 흩어짐으로 받아들임으로써 일종의 구원을 맞이하게 되는 순간들을 저 역시 알고 있습니다. 그러나 이것들은 다만 예외적이고 짧은 순간들이며, 일종의 회복기일 뿐입니다.

좋은 버릇이라는 것은 본래 존재하지 않는 법입니다. 모든 훌륭한 것들은, 그것이 제 아무리 자주, 혹은 제 아무리 자연스럽게 반복된다 하더라도, 매 순간 새롭고 즉흥적인 것입니다.

삶은 흘러가는 것이며, 그렇게 삶은 많은 이들을 스쳐가며 머나먼 곳까지 나아갑니다. 그렇지만 삶의 저 나아감은, 그저 가만히 기다리기만 하는 이들을 비껴서 흐르게 마련입니다.

대략 열흘 전쯤에 저는 파리를 떠났고, 병에 시달리고 지친 채로, 북쪽 지방의 광활한 평야를 찾아왔습니다. 이곳의 광활함과 고요, 그리고 탁 트인 하늘이 다시금 저의 건강을 되찾아 줄 것이라고 생각했기 때문입니다. 그러나 저를 맞이한 것은 기나긴 장마였고, 오늘에서야 비로소 이 불안한 대지 위로 약간의 빛이 찾아들기 시작했습니다. 해서 저는 드디어 찾아온 이 잠깐의 청명함을 틈타 당신께 안부를 전하려 합니다. 친애하는 카프스 씨, 제가 당신의 편지에 오랫동안 답장을 드리지 못했다 해서, 그것이 제가 당신의 편지를 잊어버렸다는 뜻은 아닙니다. 오히려 반대로, 당신의 편지는 말하자면 편지 더미들 속에서 눈에 띌 때마다 다시 집어 들어 읽게 되는 그런 소식들 중 하나였습니다. 그것을 읽을 때면 저는 당신을 가까이서 바라보듯 느낄 수 있었지요. 그건 5월 2일자의 편지였는데, 당신도 분명 이 편지를 기억하고 계실 겁니다. 지금 제가 와 있는 이 먼 곳의 고요 속에서 그것을 읽노라면, 삶에 대한 당신의 아름다운 사려 깊음이 파리에서 느꼈던 것보다 한층 더 제 마음을 움직이곤 합니다. 파리는 사물들을 뒤흔드는 소란스러움으로 인해 모든 것의 음색과 울림이 달라져 버리는 곳이었기 때문입니다. 하지만 광활한 대지가 저를 둘러싸고 있는 이곳, 저 대지 위로 잔잔한 해풍이 불어오고 있는 이곳에서, 저는 그것들의 밑바탕에 삶이 자리하고 있는 여러 질문들과 감정들에는 어느 누구도 감히 대답할 수 없다고 생각하게 되었습니다. 왜냐하면 제 아무리 훌륭한 이들이라 할지라도, 분명하게 다가오지 않는 무언가에 대해 말해야만 하거나, 혹은 명료하게 전달하기 힘든 무언가를 설명하려 할 때면, 여지없이 말의 오류에 붙들리게 마련이기 때문입니다. 그러나 만약 당신이 지금 제가 바라보며 마음의 안식을 얻고 있는 저것들과 같은 여러 사물들에 스스로를 온전히 맡기게 된다면, 기약 없는 물음에 사로잡혀 있어야 하는 일은 아마 없을 것입니다. 만약 당신이 자연에, 자연의 가장 소박한 부분들에, 눈에 띄지 않는 작으면서도 또한 불현듯 웅대하고도 헤아리기 어려운 무언가로 다가오게 될 그런 것들에 스스로를 의탁하시게 된다면 말입니다. 만약 당신이 사소한 것들을 사랑하시고, 가엾게 보이는 모든 것들을 아무 가식 없이 섬기실 수 있게 된다면, 모든 것이 이제 당신에게 보다 쉽게, 그리고 통일성을 띤 채로 다가와 화해의 손길을 내밀어 줄 것입니다. 아마도 당신의 오성은 저 화해의 손길에 깜짝 놀라 한 발짝 물러서려 할지도 모르겠습니다만, 당신의 가장 내밀한 의식은, 당신의 깨어-있음과 앎은 저 손길을 기꺼이 받아들일 것입니다. 당신은 아직 젊고 또 무엇보다도 이제 막 출발선에 서 계십니다. 그러니 저로서는 당신께, 마음을 담아 이렇게 부탁드리고 싶습니다. 가슴 속 해결되지 않은 문제들을 인내심을 가지고 대하시고, 해결되지 않은 저 질문 자체를 비밀스러운 방, 혹은 알 수 없는 낯선 언어로 된 책처럼 귀히 여기고 사랑하시기 바랍니다. 당신이 구하고자 하는 해답들은 아직 살아진 바가 없을 것이므로, 당신에게 주어질 수도 없을 것입니다. 그와 같은 답을 구하려 애쓰지 마시기 바랍니다. 모든 것을 삶 속에서 맞이하도록 하시고, 지금은 당신의 질문을 살아가시기 바랍니다. 그렇게 되면 당신은 점점 당신도 모르는 사이에, 불현듯 당신이 원하는 답을 살아가실 수 있을 것입니다.

우리의 본성이 종종 그것에 강요된 낯설고 생경한 것들에 대해 일종의 복수를 감행한다는 것은 충분히 가능한 일입니다. 또 우리와 우리를 둘러싼 환경 사이에 균열이 생기고, 그러한 균열이 그저 겉으로 드러나는 층위에만 머무르지 않는 것 역시 충분히 가능한 일일 것입니다. 우리의 조상들은 어째서 저 모든 낯선 사물들을 그러모으려 했던 것일까요? 그것들이 자신들 안에서 꿈과 소망으로, 막연하고도 환상적인 그림들로 뿌리내리도록 함으로써, 스스로의 가슴이 모험적인 동경에 맞추어 맥동하게 되는 것을 허락함으로써, 무한하고도 알 수 없는 먼 곳을 자기 안에 품은 채 창가에 서서, 자기 집 앞의 뜰과 정원에는 거의 경멸조로 등을 돌림으로써, 우리의 조상들은 그야말로 지금 우리가 무엇을 해야만 하는가를, 또 무엇을 잘 해낼 수 있는가를 결정내린 것이나 다름없었습니다. 그들은 주위를 둘러보지 않음으로써 자기 주위에 있던 것들을 잃어버렸을 뿐만 아니라, 나아가서는 눈에 들어오는 현실 전체를 잃어버리고 말았습니다. 가까운 곳에서 일어나는 일들은 지루하고 일상적이라며 폄하했고, 그럼으로써 멀리 떨어진 것들로 하여금 자신들의 기분과 상상을 좌지우지하도록 만들었습니다. 그렇게 그들은 마침내 가까운 것과 먼 것의 존재를 잊어버리고 말았던 것입니다. 이러한 망각으로 인해 우리는 둘을 제대로 구분할 수 없게 되었을 뿐만 아니라, 그것들을 현실 안에 받아들이지도, 또 되살려 내지도 못하게 되었습니다. 하지만 현실이라는 것은 본래 나누어지거나 가로막힐 수 없으며, 우리 곁에 그저 평범하게만 머무는 법도, 또한 나중에 가서 돌연 낭만적인 무언가가 되는 법도 없습니다. 이곳의 현실은 마냥 지루하기만 할 뿐인 반면, 저 먼 곳의 현실은 언제나 변화무쌍하게 펼쳐지는 그런 일은 없습니다. 그럼에도 불구하고 우리의 조상들은 익숙한 것과 낯선 것을 떼어 놓기 위해 그토록 안간힘을 썼던 것입니다. 그들은 양자가 도처에서 더없이 긴밀하게 얽혀 있다는 것을 깨닫지 못했습니다. 그들은 고작해야 가까운 곳에 있는 것들이 그들의 소유물이 아니라는 것을 깨달을 수 있을 뿐이었고, 그럼으로써 진정으로 그들의 소유물이어야 할 가치 있는 무언가가 어딘가 먼 곳에 반드시 존재하리라 확신하고는 오직 그것만을 동경했던 것입니다. 심지어 그들은 절제를 모르고 발산하기만 하는 동경을 마치 아름다움과 위대함의 증거인양 여기기까지 했는데, 왜냐하면 그들은 지극히 사소한 것조차도 더는 받아들일 수 없을 만큼 가득 찬 상태에서도, 여전히 자신들이 무언가를 받아들이고, 들이마시고, 삼킬 수 있다고 믿었던 까닭입니다. 그러나 기실 그들에게 영향을 미칠 수 있는 것은 특별한 무언가가 아니라, 세계 안에 이미 존재하는 모든 것이었습니다. 먼 바깥에서 다가와야 했던 것들이 우리의 조상들에게는 어느 정도 영향을 미칠 수도 있었겠지만, 그들 중 어느 무엇도 우리에게까지 진정으로 와 닿은 일은 없었습니다. 그것들은 오직 우리와 멀어짐으로써 비로소 우리와 관계할 수 있었으므로, 고작해야 머나먼 하늘에 떠 있는 별이나, 혹은 (우리가 으레 그 존재를 잊곤 하는) 손가락에 낀 반지 이상이 될 수 없었던 것입니다. 하지만 자석이 오직 거기에 반응하는 사물들에만 힘을 발휘할 수 있듯이, 무언가가 우리의 내면에 어떤 새로운 질서를 만들어 내기 위해서는 그것이 우리에게 충분한 영향력을 발휘할 수 있어야 하는 것입니다. 그렇게 본다면, 가까운 것과 먼 것의 구별이란 얼마나 무의미한 일인지요? 차라리 저 구별이 무의미하다는 통찰이야말로 진정 우리의 몫은 아닐까요?

아무래도 제 인사를 꼭 받으셔야만 하겠습니다. 성탄절 즈음이 되어 그 축제 분위기의 한가운데에 서시게 되면, 당신의 고독은 그 어느 때보다도 더욱더 견디기 힘든 것이 될 테니 말입니다. 하지만 만약 당신이 더는 고독을 참기가 힘들다고 여기게 되신다면, 당신은 오히려 그와 같은 상태를 기쁘게 받아들이셔야 할 것입니다. (이렇게 한번 스스로에게 물어보시기 바랍니다.) 도대체 위대함을 간직하지 않은 고독이라는 것이 가능할까요? 너무나 크고도 견디기 어려운 고독은 그러나 오직 하나뿐인 것으로 존재하지만, 그것으로부터 도망치고자 발버둥치는 시간들은 언제나 여럿이 무리지어 찾아오게 마련입니다. 당신은 아마도 이 시간들을 진부하고 보잘것없는 유대감을 얻기 위해 할애하거나, 이웃의 쓸데없는 동의를 구하는 데 써버리는 등, 여하튼 무의미한 무언가에 부어 넣으려 하시게 될 것입니다. 그러나 다름 아닌 이러한 시간들이야말로, 필경 고독이 자라나는 바로 그 순간들일 것입니다. 고독이 자라난다는 것은 어린 소년이 이미 커버렸다는 것만큼이나 고통스럽고, 또 겨울이 가버렸다는 것만큼이나 서글픈 일입니다. 그렇지만 제 말을 오해하셔서는 안 됩니다. 필요한 것은 오로지 고독, 크고도 내밀한 고독뿐인 것입니다. 자기-안으로-들어가기, 그리고 한동안 누구와도 만나지 않기—이것은 우리에게 반드시 필요한 능력입니다. 어린 시절의 당신이 그러했듯 한껏 고독해지시기 바랍니다. 아이의 눈에는 중요하고 대단하게 비칠 만한 여러 가지 일들에 어른들이 몰두하고 있을 때, 겉보기에는 그토록 바쁘게 보이면서도 정작 자신들도 그게 정확히 무엇인가를 도저히 이해할 수는 없었던 것들에 어른들이 매진하고 있는 동안, 남겨진 아이가 느껴야 했을 바로 그 고독감 안으로 다시 한 번 뛰어드시기 바랍니다.

그렇지만 한편으로 당신은 이내 어느 날엔가, 바쁘게 오가는 어른들의 모습들이 실제로는 보잘것없을 뿐만 아니라, 딱딱하게 경직되어 있어, 삶과는 완전히 동떨어져 있다는 것을 발견하셨을 것입니다. 그런 기억을 지니고도 당신은 어째서 당신 자신의 세계가 지닌 깊이로부터, 그 자체가 곧 일이며 지위이고, 또 직업이자 사명이라 할 수 있을 당신의 고독으로부터 벗어나고자 하시는지요? 어째서 당신은 아직 아이였던 시절에는 놓치지 않고 있었던 현명하기 그지없는 행위인, 이해로부터 멀어지기를 한낱 반항이나 경멸로 맞바꾸려 하시는지요? 이해로부터 멀어진다는 것은 곧 고독이 되는 법이지만, 반항이나 경멸은 다름 아닌 반항과 경멸이라는 그 수단들을 떨쳐 내기 위한 발버둥을 강요하는 귀결로 향할 뿐일 텐데 말입니다.

당신 안에 자리하는 세계를 다시금 차분히 둘러보시기를 권해 드리고 싶습니다. 거기에 내키는 대로 무언가 이름을 붙여 보시는 것도 좋겠습니다. 어린 시절의 추억이든 스스로의 미래에 대한 동경이든, 그저 당신 안에서 일어나는 무언가에 한번 주의를 기울여 보시고, 그것을 당신이 주변으로부터 받아들이고 있는 모든 것보다 우선해 보시기 바랍니다. 당신의 가장 내밀한 곳에서 일어난 것이야말로 당신이 가장 사랑해 마지않아야 할 대상이며, 당신은 어떻게든 그것에 헌신해야만 합니다. 당신이 사람들 사이에서 어떠한 위치를 차지하고 있는가를 다른 이들에게 납득시키기 위해 시간과 의지를 허비하시지는 마시기 바랍니다. 도대체 누가 거기에 응하여 당신의 위치를 인정해 줄 수 있겠습니까?

저 역시 당신의 직업이 힘들기 그지없고, 당신께 무거운 책임을 요구한다는 것을 알고 있습니다. 또한 저는 당신이 그처럼 한탄하게 되리라는 것 역시도 이미 알고 있었습니다. 이제 저의 예상이 들어맞았음을 확인하게 되었지만, 애석하게도 저로서는 당신을 위로해 드리기보다는, 그저 다음과 같이 권해 드릴 수밖에 없을 것 같습니다. 직업이라는 것에는 그게 무엇이 되었든 무거운 책임이 뒤따르게 마련이 아닌지, 모든 직업은 결국 개인에게 적대적이며, 그리하여 무미건조한 의무들에 잠자코 복무하려는 이들의 맥없는 앙심을 흠뻑 빨아들임으로써 존재하는 것이 아닌지를 한번 숙고해 보시라고 말입니다. 당신의 직위가 다른 것들에 비해 특별히 더 인습과 편견, 오류에 짓눌려 있는 것은 아닙니다. 설령 비교적 많은 자유를 약속해 줄 수 있는 그런 직업이 있다 하더라도, 그것이 제공해 줄 수 있는 자유가 충분히 넓게 펼쳐져 있다거나, 혹은 그러한 직업이 진정한 삶을 가능케 할 위대한 무언가와 관계하는 일은 없는 법입니다. 오직 고독한 개인만이 심원한 법칙 아래 놓일 수 있는 법이며, 때문에 누구든 날이 밝아 오는 새벽에 집을 나서거나, 또는 혼잡한 저녁나절에 밖을 내다보며 거기에 일어나는 일들을 느끼다 보면, 그가 가진 모든 직위들은 마치 죽었을 때처럼 그에게서 떨어져 나가게 마련입니다. 정작 그 자신은 여전히 소란스런 생의 한가운데를 살아가고 있다 하더라도 말입니다. 친애하는 카프스 씨, 지금 이 순간 당신이 장교라는 직책으로부터 경험하고 계신 모든 것은, 다른 어떤 직업에서라도 비슷하게 느끼셨을 것들에 지나지 않습니다. 설령 당신이 모든 직위를 내던지고 세상을 등진 채, 오직 가볍고 개인적인 사회적 접촉만을 허락한다 하더라도, 당신은 여전히 지금 느끼고 계신 갑갑함을 느끼셔야 할 것입니다. 그와 같은 감정은 어디에서나 찾아오는 법이며, 그러니 여기에 대해 슬퍼하거나 불안해하실 까닭이 없다고 말씀드리고 싶습니다. 만약 다른 이들과의 소통이 도저히 불가능하다고 여겨지시거든, 한번 사물들을 향해 다가가 보시기 바랍니다. 그것들만큼은 결코 당신을 저버리지 않을 것이기 때문입니다. 숱한 밤들은 언제고 거기에 있을 것이며, 나무들 사이로, 너른 대지 위로 불어오는 바람 또한 언제나 그러할 것입니다. 사물들 가운데서 혹은 동물들 곁에 있음으로써, 당신은 당신이 기꺼이 함께하고 싶어지는 대상들을 원없이 찾아내실 수 있을 것입니다. 아울러 아이들 역시도 당신이 어린 시절에 그랬던 그대로, 때때로 슬퍼하거나 기뻐하면서도 여전히 그 자리를 지키고 있을 것입니다. 만약 당신이 스스로의 어린 시절을 회상하신다면, 당신은 다시금 각자의 고독과 함께하는 저 아이들 사이에서 살아가시게 될 것이며, 어른들이란 정말이지 아무것도 아니며, 그들이 쥐고 있는 권위 역시 아무런 가치도 없다고 여기시게 될 것입니다.

만약 당신이 이제 더는 신을, 혹은 신께서 어디에나 존재하신다는 것을 믿을 수 없게 되어버린 까닭에, 어린 시절을, 혹은 어린 시절과 관계된 소박함과 고요함을 떠올리는 것이 두렵거나 고통스러워지셨다면, 저로서는 한 번쯤 다음과 같이 스스로에게 자문해 보시기를 권해 드리고 싶습니다. 친애하는 카프스 씨, 당신은 정말로 신을 잃어버리신 것입니까? 오히려 당신은 이제까지 한 번도 신을 믿어 본 적이 없으셨던 것은 아닐까요? 당신이 신을 잃어버렸다고 여기는 그 순간은 대체 어디에 있었던 것일까요? 건장한 어른들도 겨우겨우 감당해 낼 정도이며, 늙은이들은 결국 그 무게에 짓눌리게 마련인 신의 존재를, 어린이들은 가슴 속에 간직할 수 있다고 그렇게 믿으십니까? 만약 그것이 정말이라면, 진정으로 신을 믿었던 이들이 마치 작은 조약돌을 놓쳐 버리듯 그렇게 간단히 믿음을 잃어버리는 것이 가능하다고 생각하시는지요? 아니면 설마 그만한 믿음을 가진 자가 정말로 신으로부터 버림받을 수 있다고 생각하시는지요?

만약 당신이 어린 시절에 이미 신이란 존재하지 않는다고, 그때는 물론 그 전에도 신은 존재한 적이 없었다고 생각하셨다면, 만약 당신이 그리스도는 단지 그가 품은 동경에 속아 넘어갔을 뿐이며, 마호메트는 그의 오만으로 인해 미혹되었을 뿐이라고 알고 계셨다면—또한 당신이 일말의 두려움을 품은 채, 우리가 신에 대해 이야기하고 있는 지금 이 순간에조차 신은 존재하지 않는다고 여기신다면—어째서 당신은 결코 존재한 일이 없었던 신을 정당화하시면서, 마치 과거를 돌아보거나 그리워하듯이, 당신이 신을 잃어버렸다고 여기시는지요?

어째서 당신은 신을 영원 위에 우뚝 서 계시는, 다가올 그 날에 도래하실 분으로 생각하지 않으십니까? 어째서 당신은 신을 미래에 열리게 될 최후의 열매로, 우리를 그 나무에 매달린 나뭇잎들로 보지 않으려 하시는지요? 대체 무엇이 당신으로 하여금 그분의 탄생을 생성의 시간에 맡겨 두지 못하게 하고 있습니까? 대관절 무엇이 당신 자신의 삶을, 고통스러우면서도 아름다운 잉태의 위대한 역사로 살아가지 못하도록 당신을 가로막고 있습니까? 당신은 이곳에 일어나고 있는 모든 것이 어떻게 시작되는지 지켜보신 일이 없으신지요? 시작이란 언제나 아름답다는 점에서, 그러한 시작이 어쩌면 이곳에 일어나는 일들에 속해 있는 것이 아닐 수도 있음이 당신께는 정녕 보이지 않으셨는지요? 만일 신이 가장 완전한 분이라면, 그분께서 스스로를 온전함과 넘쳐흐르는 것들 가운데서 고르실 수 있도록, 하찮고 보잘것없는 것은 그분에 앞서 존재할 필요가 없는 것이 아닐까요?—모든 것을 품 안에 끌어안기 위해, 그분께서는 가장 마지막에 오셔야 하는 것이 아닐까요? 만약 우리가 희구하는 그분이 이미 존재하고 있을지도 모른다면, 우리의 존재에는 과연 무슨 의미가 있을 수 있을까요?

꿀벌들이 꿀을 모으듯이, 우리는 모든 것들 가운데 가장 달콤한 것만을 모아서 신을 만듭니다. 그것이 아무리 보잘것없는 것이나 보이지 않는 것이라도, (그것이 사랑으로부터 비롯되는 것인 이상) 우리들은 그것으로부터 신을 쌓아올리기 시작하는 것입니다. 고된 작업과 그 후에 맛보는 휴식, 침묵, 잠깐의 고독으로부터 오는 기쁨을 재료 삼아, 그렇게 우리는 누구의 도움이나 조력도 없이, 우리보다 앞서 살아갔던 이들이 우리에 대해 아무것도 경험하지 못했던 것과 마찬가지로, 우리가 앞으로도 결코 경험할 수 없을 신을 조금씩 만들어 가기 시작하는 것입니다. 그러나 오래 전 지나간 저 과거들은 우리 자신의 맹아로, 우리의 운명으로, 우리의 몸속을 흐르는 피로, 시간의 저 심연으로부터 솟아오르는 몸짓으로 엄연히 우리 안에 존재하고 있습니다.

그렇게 언젠가 그분 안에, 가장 먼 것 안에, 궁극적인 순간 안에 존재하고 싶다는 희망을 당신으로부터 앗아갈 만한 무언가가 존재하는지요? 친애하는 카프스 씨, 어쩌면 신께서는 그분의 시작을 위해, 당신의 바로 그 불안들을 필요로 하고 계신 것일지도 모른다는 생각을 경건하게 받아들이면서 성탄절을 즐겨 보시기 바랍니다. 당신이 지금 마주서 계신 저 과도기의 나날들은, 어쩌면 숨 쉴 틈조차 없이 그분을 위해 헌신했던 어린 시절과 마찬가지로, 당신 안의 모든 것들이 그분을 위해 일하고 있는 그런 시간일지도 모릅니다. 부디 인내를 가지시고, 불쾌한 감정일랑 모두 떨쳐 버리시기 바랍니다. 우리가 할 수 있는 가장 보잘것없는 일조차도, 마치 대지가 봄이 다가오는 데에 일조하고 있듯이, 그분의 생성에 일조한다고 생각해 보시기 바랍니다.

아아, 만약 우리의 부모들이 우리와 함께 태어났더라면, 우리는 얼마나 많은 퇴보와 씁쓸한 순간들을 모면할 수 있었을까요. 그러나 부모들과 아이들은 언제나 평행선을 달릴 뿐, 함께할 수 없는 법이며, 그들 사이에는 그리하여 아주 조그마한 사랑만이 이따금 그 위를 건널 수 있을 뿐인, 깊디깊은 틈이 입을 벌리고 있는 것입니다.

운명의 놀이판

Das Spiel des Schicksals

그렇지만 이것이 바로 삶이 아닐까요? 여러 보잘것없는, 불안한, 작디작은, 그리고 부끄러운 하나하나가 마지막에 가서는 하나의 커다란 전체로 거듭나는 것 말입니다. 삶이란 아마 우리가 이해하거나 의도할 수 있는 것이기보다는, 오히려 우리의 가능성과 실패가 한데 뒤섞여 만들어 내는 무언가일 것입니다.

달리 함께한 시간이 없음에도 불구하고 곁에 있는 것처럼 느껴졌던 이들을 떠올려 보시기 바랍니다. 예컨대 정말로 사랑했던 누군가의 마지막을 함께 지키는 친척들처럼 말입니다. 하나의 공간 안에 자리하면서도, 모두는 저마다의 회상 속에 깊이 잠겨 있을 것입니다. 각자가 떠올리는 말들은 결코 서로 만나는 법 없이 그저 서로를 지나칠 것이고, 서로의 손들은 그만 서로를 놓쳐 버리고 말 것입니다. 눈앞의 고통이 어느덧 그들의 등 뒤에 바싹 따라붙을 때까지 말입니다. 그때가 되면 모두들 아마 화들짝 놀라, 고개를 떨구고 입을 다물어 버릴 것입니다. 마치 고요한 숲속처럼, 오직 그들의 머리 위로 스쳐가는 바람소리만이 들려오겠지요. 그리고 그들은 그렇게 서로 가까워질 것입니다. 전에는 결코 느낄 수 없었을 정도로 말입니다.

거의 모든 위대한 철학자나 심리학자들이 언제나 이 땅을 딛고 서서, 오로지 이 땅의 문제에 천착해 왔다는 사실은 참으로 놀랍지 않은지요? 눈앞의 하잘것없는 것들로부터 시선을 거두어, 광활한 우주 속의 한줌 티끌이 아니라 저 우주 그 자체를 바라보는 것이야말로 숭고한 일이라 할 수 있는 것일까요? 한번 생각해 보시기 바랍니다. 과연 현세의 고난이란 정말로 사소하게 보일 수 있는 것인지, 우리가 발 딛고 선 이 땅이 그토록 작은, 그저 소용돌이치는 것에 불과한, 무한한 세계의 한낱 조그마한 부분에 불과한 것으로 쪼그라드는 것마냥 보일 수 있는 것인지 말입니다. 그리고 인간은 그의 "작은 세계"에서 어떻게 자라나야 하는가를 말입니다!*

정말이지 삶이란 어찌나 놀라움의 연속인지 모르겠습니다. 거의 오만이라고 해도 좋을 그런 용기가 없었다면, 우리는 아마 무언가를 잃어버리고 말리라는 두려움으로 인해 삶으로부터, 모든 것으로부터, 이 세계의 모든 사건들로부터 그만 물러서고 말았을 것인데 말입니다. 우리는 우리의 고유한 삶의 중심에, 존재하는 모든 것들이 한데 모여드는 곳이면서도, 또한 그렇기에 아무런 이름도 가지지 않아야 할 그곳에 머무르게 마련이지만, 실제로

* 인간을 "세계의 작은 신" 또는 "(자기만의) 작은 세계의 신"으로 이해하는 방식은 독일의 문화적 전통에서 자주 목격된다. 괴테의 『파우스트』 281행, 또는 라이프니츠의 『변신론』 147절을 참조할 것.

는 저 전체라는 것이 너무나도 무한한 까닭에, 우리는 으레 거기에 어떤 사랑의 이름을 부여함으로써 한동안의 위안을 얻고자 하곤 합니다. 그와 같이 정념에 찬 규정의 시도들이, 혹은 우리를 부당함으로 몰아넣으며 죄를 짊어지우고 마는 저 한계 지음이 결국 우리를 죽이고 말리라는 것을 알면서도 말입니다. 그렇게 우리는 결국 여러 가지 이름들이, 명명의 시도들이, 이런저런 삶의 핑계들이 우리를 사로잡도록 허락하고 말았던 것입니다.

이 세계는 모든 것을 받아들일 수 있을 만큼 충분히 넓게 창조되었습니다. 다른 모든 것들이 의심스럽더라도 이것만은 분명한 진실일 것이며, 저 역시 이를 한 번도 의심해 본 적이 없습니다. 이미 존재했던 무언가가 다른 것에 그 자리를 내어줄 필요는 없으며, 다만 그것은 천천히 변화되어야 할 뿐입니다. 그것이 되어야 할 무언가가, 섭리에 의해 점지된 최후의 모습이 아니라, 언제나 이미 우리 곁에, 우리의 가슴 속에 항상 존재했던 무언가로 말입니다. 그것의 존재를 가시화해 줄 우리의 눈길을 기다리면서……

그래요, 사랑하는 당신! 나도 그들의 기쁨을 짐작할 수 있었을 뿐더러, 또한 「튀니지의 장미 오아시스」가 그리고 있는, 삶을 향한 저 특별한 감동과 동경에 대해서도 알고 있었습니다. 바깥의 무언가가 아니라 그 자체 안에 존재의 근거를 두고 있는, 스스로를 벗어나지 않는 그런 삶을 향한 동경 말입니다. 이 작품에서는 매 장면들마다, 우리가 지난번에 함께 이야기했던 저 정적인 원리가 실현되고 있었습니다. 물론 이러한 원리는 불안 속에서 변함없이—자기를—보존함으로써가 아니라, 우리가 모든 무모함과 성급함으로부터 벗어남으로써 돌아가게 되는 어떤 중심이 제공해 주는, 그런 안정감으로부터 비롯되는 것입니다. 무모함과 성급함 속에서라면, 우리는 마치 잔 안에 든 주사위와도 같습니다. 누구의 것인지 모를 도박꾼의 손이 잔을 흔들면, 우리는 잔 밖으로 내던져짐과 동시에 한 면을 드러내고, 그럼으로써 우리가 가진 것이 높은 패인지 낮은 패인지를 보여 주어야 합니다. 그러나 주사위 놀이가 끝나고 나면, 우리는 다시금 잔 안으로 되돌려져서, 그곳, 즉 잔 안에서는, 어떤 면을 위로 하고 놓이든 상관없이, 우리에게 새겨진, 다시 말해 우리가 가진 모든 수를 품을 수 있게 됩니다. 잔 안에는 행운도 불행도 존재하지 않으며, 오로지 주사위의 존재만이, 그곳에 여섯 가지의 가능성을 지닌 무언가가 존재한다는 사실만이 그곳을 지배하는 전부가 되는 것입니다. 그렇게 잔 안에는 이제, 더는 내던져지지 않으리라는 안심으로부터 비롯된 내밀한 안정감이 차오르게 됩니다. 말하자면 누구든 이 잔이 만들어 내는 깊이를 거스름으로써 그 안에 든 것을 세계라는 탁자 위에, 운명의 놀이판 위에 내던지려 한다면, 그러한 행위를 위해서는 필경 신적인 대담함이 필요하리라는 것을 알고 있다는, 그런 자부심이 잔 안에 차오르는 것입니다. 그리고 아마도 이것이야말로 천일야화의 진정한 의미이자, 거기에 등장하는 이야기들이 제공하는 즐거움의 원천일 것입니다. 짐꾼, 도박꾼, 낙타 몰이꾼, 혹은 지금 이 순간 가볍게 던져진 누군가가, 다시 한 번 위험을 무릅쓰기 위해 잔 안으로 되돌려지는 것에 대하여, 우리가 소녀로, 아이들로, 개로, 혹은 쓰레기로 던져진 이 세계가 빛나는 별들 아래에 존재한다는 것에 대하여, 우리가 관여할 수 없는 관계들 속에서는 모든 것이 명료하다는 것에 대하여 이야기를 듣는다는 것 말입니다. 물론 거기에는 범접할 수 없을 만큼 위대한 것, 가까이 할 수 없을 만큼 악독한 것, 교활한 것, 혹은 그저 우리가 어찌할 수 없는 숙명적인 것 등이 존재할 것입니다…… 그러나 우리는 다른 주사위를 던지든지, 혹은 저 주사위들을, 다시 말해 운명의 잔을 흔들어 당신의 패를 드러내려는 그러한 정신들을 상대해야만 합니다. 이것은 한 번의 승부로 그치지 않고 계속되는, 그야말로 소란스러운 놀이판이며, 그 패는 언제나 새롭게 주어지므로 어느 누구도 예측할 수 없습니다. 하지만 그럼으로써 운명의 놀이판은 어느 누구에게도 불리하거나 굴욕적일 수 없는 것이 됩니다. 대체 누가 자기의 존재에, 도박꾼의 잔으로부터 내던져짐으로써 주어진 스스로의 패에 책임을 질 수 있다는 말입니까?

스스로 사유하는 운명, 우리가 알 수 있는 운명…… 그렇습니다, 종종 우리는 이런 것들을 통해 강해지거나 확신을 얻으려 합니다. 하지만 그런 것들은 결국 바깥으로부터 우리를 들여다보는, 우리를 꿰뚫어 보는, 우리를 더는 홀로 내버려 두지 않는 운명인 것이 아닐까요? 우리가 이른바 "눈먼 운명"에 매여 있다는 것, 그 안에서 살아간다는 것은 그러나 어떤 의미에서는 우리 자신의 고유한 시선에, 혹은 우리의 순수한 바라봄에 꼭 필요한 조건이 됩니다—우리의 운명이 "눈먼" 상태에 있음으로 말미암아, 비로소 우리는 이 세계가 자아내는 저 놀라운 먹먹함을, 다시 말해 존재하는 모든 것을 받아들일 수 있습니다. 결코 지나칠 수 없는 것들, 그리고 우리 너머에 존재하는 것들과 한층 내밀한 관계를 맺으며……

모든 생성하는 존재들에는 저마다의 법칙이 존재한다는, 그런 사실을 되새겨 보는 것이야말로 더없이 좋은 일일 것입니다. 이러한 법칙들은 결코 뒤늦게 발현되는 법이 없으며, 우리가 가볍게 지나쳤던 작은 돌멩이나 깃털들에서조차도 스스로를 증명하고 지켜내기에 여념이 없습니다. 그러니 우리는 이렇게 말할 수 있을 것입니다. 모든 혼란스러움이나 잘못들은, 결국 우리가 주어진 상황 속에서 작동하고 있는 저 법칙을 알아보지 못함으로써 비롯되는 법이라고 말입니다. 아울러 그 해결은 우리가 사건들의 사슬 안에 파고들어, 그 기울어진 균형을 우리의 의지로써 되돌리고자 하는 집중과 진력으로부터 시작된다고 말입니다.

운명이란 으레 어떤 패턴이나 문양을 만들어 내려 들게 마련입니다. 운명의 어려움들은 복잡함으로부터 비롯되지요. 그러나 반대로 삶은 손쉬움 속에서 어려움을 마주하게 됩니다. 우리가 도저히 헤아릴 수 없는 크기를 가진 것이란 삶에서 얼마 되지 않습니다. 이를테면 자기에게 주어진 운명을 거스르고자 하는 성자는, 신을 마주함으로써 그와 같은 거대함을 택하게 되는 것입니다. 반면 어떤 여자들은 남자와의 관계에서 불거지는 이러한 선택의 기로에서 자기의 본성을 따름으로써, 모든 애정 관계들에서 목격되는 고난들을 불러일으키곤 합니다. 그녀들은 마치 영원한 성모처럼 운명에 맞서서, 계속해서 변해 가는 연인의 곁을 결연하게 지키는 것입니다. 그렇지만 결국에는 삶이 운명보다 더 큰 것일 수밖에 없는 까닭에, 사랑에 빠진 여자들은 끝내는 그들의 사랑을 받는 남자들을 능가하게 됩니다. 그들의 헌신이 이루 헤아릴 수 없는 것이 되고자 한다는 사실 그 자체가 다시금 스스로의 행복으로 거듭날 것이기 때문입니다. 그러니 사랑에 으레 뒤따르게 마련인 저 형언할 수 없는 고통이란 매번 헌신에 대한 요청 자체가 아니라, 오히려 저 헌신을 그만두라는 요구로부터 비롯되어 왔던 셈입니다.

이것과 다른 종류의 비탄이 여성들로부터 들려온 일이 달리 있었을까요? 엘로이즈Höloïse[**]의 처음 두 편의 편지들에 담겨 있는 비탄은, 오백여 년 후에 포르투갈 여인의 편지에 다시금 고스란히 떠오르고 있습니다.[***] 새들이 지저귀는 소리를 곧바로 알아

** 엘로이즈(1101경-1164)와 피에르 아벨라르Pierre Abelard(1079-1142)의 이야기는 두 사람이 겪어야 했던 비극적 사랑 때문에 널리 알려지기도 했지만, 그 이상으로 당시의 시대적 통념을 뛰어넘는—특히 엘로이즈가 보여 주었던—사랑을 향한 용기와 정열을 보여 줌으로써, 오늘날까지도 그치지 않는 깊은 울림을 얻고 있다.

*** 릴케는 포르투칼 출신의 수녀이자 작가였던 마리안나 알코포르다Marianna Alcoforda(1640-

들을 수 있듯이, 우리는 이 비탄을 곧바로 알아볼 수 있습니다. 그럴 때면 이러한 인식에 의해 밝혀진 자리에, 사람들이 지난 몇 세기 동안 운명 속에서 찾아내려 했지만 끝내 발견하지 못했던, 사포Sappho의 희미한 모습이 어느덧 스쳐가곤 하는 것입니다.

오래된 유년시절의 고통은 그럼으로써 마침내 흩어지게 됩니다. 왜냐하면 여기서 우리는 지난날과 마찬가지로, 외떨어진 존재가 되는 일을 처음부터 다시 한 번 겪어 나가게 되는 까닭입니다. 명민하고 우월한 어른들이 아니라, 신성함 속에 머무르는 것이 더없이 자연스러운 일이었을, 어떤 다른 세계의 축복을 받은 아이들을 마주하면서 말입니다. 물론 우리는 이자벨 에버하르트Isabelle Eberhardt**** 처럼 "그 안으로" 뛰어들 수는 없을 뿐더러, 그러한 열망은 이내 우리를 몰아내고 부인할 것입니다. 그렇지만 무언가를 지극히 자연스럽게 경험하는 일은, 아직 아이였던 우리가 어른들을 상대로 발휘하는 것이 불가능했던 그런 힘을 통해서는 실현될 수 없는 법입니다…… 하지만 자유롭게 발휘되는 긍정적인 이해를 통해서라면 어떨까요?—당신이 이해한다는 것은, 사랑하는 이여, 그것은 처음의 순간부터 이미 그들을 무척이나 황홀하고

1723)가 프랑스 장교였던 마르키 노엘 부통 드 샤미이Marquis Noël Bouton de Chamilly에게 보낸 사랑의 편지를 번역한 적이 있다.

**** 이자벨 에버하르트(1877-1904)는 스위스 출신의 탐험가이자 작가이다. 여행기로 명성이 높았는데, 특히 남장을 한 채 사하라를 혼자 횡단한 일화로 유명했다.

흥분케 했습니다. 당신이 이것을 오직 저와 함께 함으로써만, 다만 저의 이해를 위해서만 경험하실 수 있을지도 모르겠다고 여길 정도로 말입니다. 그러나 우리는 이렇듯 위대한 이해를, 이제까지는 존재하지 않았던 이해를 우리의 곁으로 데려오며, 조심스럽고 은밀하게 그것을 품게 됩니다. 그렇게 위대한 이해는 많은 곳에 가 닿으며 많은 것들을 변화시키는 것입니다. 예의 아랍적인 현존재는 오직 우리가 바로 이 지구라는 별에 살고 있으며 세계 안에서 숨을 쉬고 있음으로써만 가능해집니다. 우리는 쇠락하지 않은 과거의 퇴적을 통해 이 땅으로부터 분리되어 있지요—그리고 이 세계의 가장 커다란 부분, 즉 우리가 들이마시는 모든 것들은, 인간들과 기계들의, 부패된 것들의 날숨입니다. 우리의 가슴을 이것들로부터 떼어놓는 일은 대단히 복잡하고 지난한 작업이며, 그 성패는 불안을 불러일으키는 형태로 서로 얽혀 들어 있습니다. 하지만 여기서도 우리는 커다란 무언가를 얻을 수 있습니다. 한번 음악에 대해서, 미술에 대해서, 시에 대해서 생각해 보시기 바랍니다. 혹은 인간적인 교류들이 그려 가게 될 어떤 성좌를 한번 떠올려 보시는 것도 좋겠습니다. 우리는 아마도 아랍적인 것과는, 어쩌면 그것들이야말로 전율스러운 정화인 동시에 명료화일 수도 있겠습니다만, 끝내 어우러질 수 없을 것 같습니다.***** 하지만 그러한 사실을 깨닫는다는 것은, 우리에게 이 땅에 대한 어떤 새로

***** 이슬람 세계의 우주론에서 대지는 하늘로부터 비롯된다고 설명되는데, 이 장의 마지막 구절에서도 드러나고 있듯이, 릴케는 이러한 우주관과는 반대되는 입장을 고수하고 있다.

운 확신과 친밀함을 심어 주고 있습니다. 이제야 비로소 이 대지는 자신의 주인을 맞이했습니다. 이제야 우리는 이 땅에 존재하는 강인하고 훌륭한, 그것으로 말미암아 우리의 봄들이 펼쳐지고 거기에 다양한 장식들이 더해지게 되는 자연의 직접성을 알아볼 수 있습니다. 이제야 비로소 우리는 이 땅이 얼마나 소박한가를, 우리가 감히 그것을 치장하기란 불가능하다는 것을, 이 땅이 얼마나 오래되었으며 또 얼마나 그 기원에 가까이 있는지를, 그럼으로써 그것이 영원한 생성에 얼마나 다가가 있는가를 알 수 있는 것입니다. 그리고 우리가 이 땅을 위와 같이 받아들인다면, 그럼으로써 우리는 우리 앞에 펼쳐진 우주들 역시도 지금보다 잘 이해할 수 있게 될 것입니다. 우리는 지난날 저 천체의 상호 인력으로부터 쉽사리 물러나지 않는 사람들을, 도처에서 별들이 품은 가능성에 매혹된 이들을 보았습니다. 누워 있는 사람들, 쪼그려 앉은 사람들, 제자리에 서 있는 사람들을 보았으며, 변해 가는 사람들을 보았습니다. 춤을 알고 있는 이들을 보았으며, 놀이를, (나아감과 되돌아옴의 움직임이라는 의미에서의) 교환 행위를 이해하고 있는 사람들을 보았습니다. (그 안에서 물이 흐르는 소리가, 동물들의 소리가, 우리의 몸속에 피가 도는 소리가 들려오는, 한층 더 위대하고 대담한 움직임이라는 의미에서의) 사랑을 아는 사람들을 보았습니다. 우리를 살찌우는 양분을 향한 저 긴요함과 목마름을 담아 두는 어떤 위대한 저장소에 대해 알고 있는 사람들을 보았습니다.

우리는 삶의 폭과 가능성에 대해 끊임없이 그리고 충분히 생각할 수 있습니다. 어떤 운명도, 거부도, 곤궁도 그저 절망적이기만 할 수는 없습니다. 형편없이 말라비틀어진 덤불조차도 어딘가에서는 이파리를 틔우고, 꽃을 피우며, 열매를 맺습니다. 이곳의 섭리로부터 가장 동떨어진 곳에서조차도, 어딘가에는 이 꽃들의 결실을 실어 나를 벌레들이 존재할 것이고, 열매들을 기쁘게 받아들일 굶주림이 존재할 것입니다. 어쩌면 이 열매들은 씁쓸한 맛을 낼 수도 있겠지만, 적어도 누군가의 눈에는 경이로울 것이며, 그럼으로써 그에게 즐거움을, 형태와 색에 대한 관심을, 덤불숲이 생겨난 과정을 향한 호기심을 선사할 것입니다. 만약 열매들이 떨어지게 된다면, 그것이 내려앉는 자리는 앞으로 다가올 것들의 충만함 속일 것이며, 그리하여 열매가 썩어 가는 와중에도 보다 풍요롭고 다채로운 것이, 그 존재에 육박하는 무언가가, 새롭게 자라나는 무언가로 거듭나게 될 것입니다.

여기서 저는 다음과 같은 것들을 깨달을 수 있었습니다. 우리는 우리의 삶을 최대한 폭넓게, 다시 말해 우리에게 주어진 하루하루의 일상이 아니라, 그 깊이에 따라 살아야 한다는 것을 말입니다. 그리고 만약 자신이 다음다음의 일에, 이곳과 동떨어진 것들에, 가장 머나먼 무언가에 보다 많은 가치가 있다고 느끼고 있다면, 당장에 임박한 일들을 애써 붙들지 않아야 한다는 것을 말입니다. 다른 사람들이 구호 활동에 열중인 순간에조차도, 만약 누군가에게 그 꿈이 현실보다 더 현실적이고, 당장의 빵보다 긴요하다면, 꿈을 꾸어도 좋으리라는 것을 말입니다. 한마디로 말해서, 우리가 삶의 척도로 삼아야만 하는 것은, 다름 아닌 각자가 자기 안에 품고 있는 최대한의 가능성이라는 것을 말입니다. 우리의 삶은 더없이 크지만, 동시에 삶이 끌어안을 수 있는 미래란 어디까지나 우리가 받아들일 수 있는 만큼만의 미래인 것입니다.

그러나 모든 살아 있는 대지는 그 위에 펼쳐진 하늘을 빛나게 하며, 별이 빛나는 밤들을 영원 속으로 던져 넣는 것입니다.

보잘것없는 사물들에 얼마나 많은 기쁨이 깃들어 있는지

Wieviel Pracht in den kleinsten Dingen

여전히 제가 보기에는 이것이야말로 삶의 가장 놀라운 측면인 것 같습니다. 무언가가 끼어드는 바로 그 순간에 으레 생겨나게 마련인 저 거칠고 조악한 면모들이, 혹은 겉보기에는 영락없는 방해물처럼 여겨지던 것들이, 어느 순간 우리 안에 새로운 질서를 만들어 내는 계기들로 작용하게 된다는 사실이 말입니다. 악을 선으로 바꿀 수 있을 뿐만 아니라, 근본적으로는 그 반대도 해낼 수 있다는 것이야말로, 삶이 지니고 있는 가장 뛰어난 능력일 것입니다. 만약 이런 마법이 없었다면 우리는 모두 악에 물든 존재가 되어 버리고 말았을지도 모릅니다. 악은 어디에서나 찾아오고, 또 어디로든 스며들기 때문입니다. 그리고 만약 이런 마법이 없었다면, 우리는 모두 매 순간 서로를 보며 경악해야만 했을지도 모릅니다. 그랬다면 모두가 이미 "악한" 상태일 테니 말입니다. 그렇지만 오로지 하나의 사실, 즉 우리 모두가 한곳에 머물러 있지는 않는다는 사실만이 우리가 살아가고 있는 비밀입니다—악함이라는 것은 그 어떤 것보다도 종잡을 수 없는 법이며, 따라서 누구도 무언가를 가리켜 악에 물든 "상태에 있다"고 단언할 수는 없는 법입니다. 그것은 계속해서 움직이고 있으며, 따라서 우리가 그렇게 부르려는 순간, 거기에는 이미 더는 그것이 존재하지 않을 것이기 때문입니다.

만약 인간이 스스로의 끔찍함을 용서받기 위해서, 스스로가 자연 안에서 끔찍한 존재의 역할을 담당하고 있다는 사실을 부정한다면! 만약 그렇다면 그는 자연 속에서라면 가장 경악스러운 면모들조차도 끝없는 무결함으로 존재한다는 사실을 잊어버리고만 셈입니다. 자연은 인간을 관찰하려 들지 않으며, 그러한 관찰을 위해 물러나 있지도 않습니다. 자연은 더없이 끔찍한 것 안에서도 온전한 전체로 존재하며, 그 비옥함은 자연이 드러내는 관용 안에 고스란히 자리하고 있습니다. 만약 자연이 드러내는 끔찍함이 (존재한다면), 물론 이는 우리가 구태여 저런 식으로 말하고자 할 때의 이야기겠습니다만, 그것은 그러나 다름 아닌 자연의 충만함을 드러내는 하나의 표징일 것입니다. 자연은 모든 것을 품고 있으며 심지어 끔찍함조차 끌어안고 있으므로, 자연의 의식이란 결국 모든 것을 아우르는 데 있다 할 수 있는 것입니다. 다시 말해 자연은 저 끔찍함의 나락에 반대되는 것들을 이미 자기 안에 지니고 있음으로써, 설혹 그와 같은 끔찍한 선택을 향하게 되는 순간에서조차도, 그것을 하나의 예외로, 한 번뿐인 특수성으로, 단편적인 존재로, 전체와 더는 맞닿아 있지 않은 무언가로 만들어 버리는 것입니다—반면 인간은 모든 것을 끌어안을 능력이 없을 뿐더러, 스스로가 어느 순간에 끔찍해지는가에 대해서도 전혀 확신하지 못합니다. 이를테면 살인의 순간을 한번 떠올려 보십시오—선한 자, 순수하고 곧은 자, 능력을 갖춘 자라 하더라도, 인간은 악을, 비운을, 고통과 타락을, 죽음을 여러 상호적인 관계들로부터 떼어 낼 수가 없습니다. 만약 저것들 중 하나와 마주하게 되거나, 혹은 그 자신이 그중 무언가의 원인이 되어 버리게 된다면, 아마도 그는 자연의 시련을 받은 자로서, 혹은 스스로의 의지에 반하는 시련을 겪고 있는 상태가 되어, 바로 그 자리에 못 박힌 듯 멈춰 서고 말 것입니다. 도저히 막을 수 없을 기세로 밀려드는 해빙기의 물줄기를 맞이해야 하는 말라붙은 시내처럼 말입니다.

그렇지만 누구도 당신만큼 잘 알고 있지는 못할 것입니다. 완전히 혼자가 된다는 것이, 자기 자신이 투명해진다는 것이, 그렇게 남의 눈에 완전히 띄지 않게 된다는 것이 제게 무엇을 의미하는가를 말입니다. 나폴리에 머무는 삼 일 동안, 저는 절로 경탄을 자아내는 낯선 풍경들을 마주하면서도, 여전히 저 고독의 순간들을 마치 귀중한 보석처럼 소중히 아끼고 있었습니다. 물론 그것은 지금 이 순간에도 전혀 달라지지 않았습니다. 고독을 귀하게 여기기를 그만두는 것이 탈출구가 될 수는 없을 뿐더러, 배려와 동정심이 넘치는 사람들 사이에서는 저 자신이 아직 건강을 되찾지 못했다는 사실을 염려하는 마음이 오히려 점점 더 희미해지는 듯했던 것입니다. 그래도 지금은 그와 같은 사실을 어느 정도 온전히 바라볼 수 있게 된 것 같습니다.

그리고 카프리에서는, 아, 정말이지 이곳에서 배울 것이라고는 아무것도 없었습니다. (……) 이곳의 분위기는 그야말로 악의에 찬 열광을 통해 만들어지고 있었습니다. 낯선 사람들은 대부분 떠나긴 했지만, 그들이 남긴 흔적들, 매번 같은 구멍에 빠지는 저 놀라운 어리석음의 편린들은 너무나도 눈에 잘 띄게 남아 있고 또 도저히 뗄 수 없을 것처럼 완전히 눌어붙은 나머지, 때때로 섬을 통째로 집어삼키는 사나운 폭풍우들조차도 그들을 쓸어 내지 못할 것만 같았습니다. 더없이 명료하고, 상찬받아 마땅할, 말하자면 논란의 여지가 없는 그런 아름다움 대신에 이런 형편없는 풍경들이 즐비한 광경을 마주해야 할 때마다, 저는 정말이지 참을 수 없이 슬픈 기분이 되어 버리는 것입니다. 만약 길에서 돌멩이를, 밤알을, 시든 이파리를 주워 드는 것조차도 이미 과분하다면, 만약 눈에 잘 띄지도 않을 만큼 작고 사소한 사물의 아름다움만으로도 (만약 우리가 그것을 알아본 적이 있다면) 이미 우리의 가슴 속이 가득 차 흘러넘치고 만다면, 아름다움의 전시장이라는 저 광경 앞에서, 그러니까 모든 것들에 프로그램 번호 따위가 매겨져 있고, 리허설을 거치게 되며, 의도적으로 선별되는 그런 와중에 우리는 대체 무엇을 할 수 있을까요? 그야 무언가를 바라보거나 사랑하는 방법을 배우기 위해, 저런 식으로 만들어진 아름다움의 도록에서 출발해 보는 것도 불가능하지는 않겠지만, 아무래도 저는 그게 전부라고 말하기엔 이미 너무 멀리 와버린 것 같습니다. 매혹적인 사물들의 철자를 읽어낸 것은 저로서는 이미 오래 전의 일이고, 어쩌면 거기에 제 삶의 모든 기쁨과 과제들이 자리하고 있었던 건지도 모릅니다. 아무리 그것이 시끄러운 소리들에 묻혀 있다 하더라도, 적어도 초보적인 수준으로나마 아름다움의 음성을 포착할 수 있는, 그런 사람들 중 하나가 된다는 것이 말입니다. 신이 우리를 선택하기 위해 우리를 사물들 사이에 놓아둔 것이 아니라, 오히려 저 선택받음이라는 것이 진정 근원적이고 위대한 것이 되도록 함으로써, 그것이 결국 우리가 사랑을 통해, 깨어 있는 집중력을 통해, 지치지 않는 경탄을 통해 아름다움을 받아들일 수 있는 능력을 부여받았다는 사실 이외에는 다른 어떤 것도 존재하지 않았음을 깨닫는 것이 말입니다. 이 카프리라는 곳은, 이러한 깨달음에 도달하는 데 적합한 장소는 아닙니다.

이 질문하기의 행위라는 것은, 말하자면 우리 자신의 삶 안에 속해 있는 질문과 호기심의 본성이 발현된 것이라고도 할 수 있습니다. 누가 거기에 응답하는 것일까요? 어쩌면 행운이나 불운, 예견할 수 없는 감정의 한순간이 느닷없이 우리에게 어떤 답을 들이밀게 될지도 모릅니다. 또는 우리 자신의 안에서 알게 모르게, 우리가 구하려는 답이 서서히 자라날 수도 있습니다. 그게 아니라면 어느 한 사람이 있어, 우리 앞에 답을 내어놓게 될지도 모를 일입니다. 그가 내놓을 답은 그의 시야를 옮겨 담은 무언가일 것이고, 또한 그 스스로는 알 수 없으며, 우리가 그에게 읽어 주어야 할 그의 가슴 속 새로운 페이지 위에 쓰여 있을 것입니다.

성을 둘러싸고 있는 큰 공원은 거기서 저절로 자라고 있는 커다란 나무들을 통해 만들어지고 있습니다. 보리수나무와 밤나무들이 산속 풍경처럼 무성해 있지요. 검붉은 이파리들이 돋아 있는 나무들(그 나무들을 뭐라고 부르는지는 모르겠습니다)은 흡사 꿈속 같은 광경을 자아내고, 이국적인 회화에서 튀어나온 것만 같은 침엽수들의 길고 빽빽한 가지들은 어딘가 태곳적 동물의 거죽을 떠올리게 하는 데가 있습니다. 게다가 오래된 철쭉 덤불이 만발한 모습과, 높다란 곳에 피어 있는 자스민이라니! 작약꽃들은 어두운 나무그늘 사이에서 마치 모닥불이 타오르듯 피어나 있으며, 일제히 이루어진 나도싸리나무들의 개화는 황금의 비가 되어, 마치 반짝거리는 여름 하늘에서 떨어진 듯한 모양새를 만들어 내고 있습니다. 그리고 장미들이 피어나기 시작했습니다. 이곳에서 저는 길게 뻗은 덩굴과 물갈퀴처럼 보이는 가시를 지닌 종류의 장미를 발견했습니다. 줄기에 붙어 있는 가시들의 겉면은 온통 붉고 투명해서, 마치 살아 있는 생물의 몸에 피가 비쳐 보이는 것만 같았습니다. 정말 기이한 광경이었지요. 이런 종류의 장미를 알고 계십니까?

아침이면 새들의 지저귐은 더없이 특별해지고, 보기 드문 흥분이 공기 중에서 느껴집니다. 그럴 때마다 저는 기나긴 고독을 향한, 혹은 이따금 정원의 울림 속에 충만해지는 유사한 정조들로 말미암아 되새기게 되는, 예의 로마적인 나날들을 향한 동경으로 인해 거의 안절부절못하는 상태가 되곤 합니다. 아침과 오후는 책상 위에 놓인 성경과 함께하고, 그 어떤 것도 저를 가로막지 않는 저녁 시간을 누리다가, 마치 저 자신의 가슴 속에서 우러나온 듯한 밤을 맞이하는 것—이 모두가 온전히 저의 것입니다. 그리고 내일은 다시금 또 하나의 하루가 될 테지요. 무엇을 할지를 생각해 보긴 했지만, 이곳에서의 시간은 이미 거의 지나간 데다, 일요일이면 저는 길을 떠날 것이고, 또한……. 하지만 저의 삶이건 당신의 삶이건…… 우리의 삶은 결국 그러기를 원하는 것 같습니다. 우리가 언제나 그것이 지니고 있는 정당성을, 삶의 정당성을 인정해야만 하는 우리의 삶이 말입니다.

……저는 지금 무척 많은 것들을 생각하고 있고, 때때로 어떤 구체적인 생각들이 거침없이 제 안으로, 흡사 꿈처럼 밀려들기도 합니다. 한편으로는 제가 숙고하고 살펴야 할 것들이, 다른 한편으로는 해변으로 발걸음을 옮겨 그곳에서 노래하고 싶다는 마음이, 한나절 내내, 하룻밤 내내……

삶이 이후에 찾아올 고난을, 그것을 넘어서는 풍부함으로 이미 앞질러 와 있을진대—그렇다면 우리가 두려워할 것이 달리 무엇이 있겠습니까? 우리가 두려워해야 할 것이라고는 오직, 우리가 저 사실을 잊어버릴지도 모른다는 것뿐입니다! 하지만 우리 주위에, 그리고 우리 안에, 그것을 기억해 낼 수 있도록 이끌어주는 계기들이 얼마나 많이 존재하는지요!

유년시절이란 어떤 것에도 매여 있지 않은 나라입니다. 엄연히 왕이 존재하는, 단 하나뿐인 왕국입니다. 어째서 우리는 거기에 계속해서 머무르지 못하고 추방당하는 것일까요? 어째서 우리는 이 왕국 안에서 자라나고 성숙해질 수는 없는 것일까요? …… 어째서 우리는 다른 이들이 신봉하는 것에 길들여져야 하는 것일까요? 사람들이 믿는 그런 것들 중에, 유년시절의 굳은 믿음보다 더 진실된 것이 달리 있었던가요? 저는 아직도 기억하고 있습니다…… 유년시절에는 모든 것들이 특별한 의미를 가지고 있었으며, 세계 안에는 그와 같은 것들이 셀 수 없이 많이 있었습니다. 그들 중 어느 무엇도 다른 것보다 더한 가치를 지니는 일은 없었으며, 언제나 동등했습니다. 모든 것들은 저마다 유일무이했으며, 운명적이었습니다. 이를테면 밤하늘에 날아든 새 한 마리가 제가 제일 사랑했던 나무 위에 근엄하게 앉아서, 시커먼 실루엣을 드리웠던 것이 그랬습니다. 여름의 비가 정원의 푸르름을 온통 어두운 빛깔로 바꾸어 놓았던 것이 그랬습니다. 누가 그것들을 숨겨두었을지는 오직 신께서만이 알고 계실 꽃잎들이, 페이지 사이사이에 꽂혀 있는 책을 본 일이 그러했습니다. 낯선 형태의 조약돌들을 주웠던 때가 그러했습니다. 유년시절의 우리는 마주하는 모든 순간들에서, 어른들보다 더 많은 것을 배울 수 있었던 것처럼 보였습니다. 유년시절의 우리는, 우리가 행복해질 수 있으며, 모든 것들을 통해 성장할 수 있다고 여겼습니다. 그러나 또한 한편으로는, 우리가 그 어떤 것에 의해서도 죽을 수 있다고 생각하기도 했습니다.

삶이란 얼마나 좋은 것인지요. 얼마나 공정하고, 투명하며, 거짓이라고는 한 점 없는지요. 권력도, 의지도, 용기조차도 삶을 거짓으로 물들일 수는 없습니다. 정말이지 모든 것은 어찌나 굳게 본연의 모습 그대로 머무르면서, 오로지 하나의 길만을 택하는지요. 스스로를 완수하는, 혹은 스스로를 끌어올리는 길만을 말입니다.

하지만 알고 계십니까, 거기서 제게 가장 중요했던 사건은…… 대부분의 사람들이 단지 어리석은 일(예를 들면 공작새 깃털로 자기를 간질이는 일)을 하려고 사물들을 손에 쥐어 버린다는 것을, 혹은 사람들이 개개의 사물들을 온전히 바라보거나 그것들로부터 아름다움을 구하려 하는 대신, 사물들을 그저 소유해 버린다는 것을 제가 다시금 깨달았다는 것이었습니다. 그렇게 저는, 대부분의 사람들이 이 세계가 얼마나 아름다운지를, 그리고 얼마나 많은 기쁨이 보잘것없는 사물들 안에 깃들어 있는가를 전혀 알지 못하고 있다는 결론에 이르렀습니다. 꽃들 안에, 돌멩이 안에, 나무껍질 속에, 자작나무 이파리들 안에서 얼마나 많은 황홀함이 피어나는가를 말입니다. 살림살이와 이런저런 걱정에 시달린 끝에 사소한 것에도 괴로워하게 되어 버린 어른들은, 주의 깊고 명민한 아이들이었다면 한눈에 알아보고 가슴 깊이 사랑하게 되었을 이러한 풍성함들을 바라볼 수 있는 눈을 점차 잃어버리게 됩니다. 하지만 만약 모든 사람들이 사물과의 관계 속에서 언제나 주의 깊고 명민한 아이들처럼 되고자 한다면, 감정 앞에 소박하고 신실해질 수 있다면, 만약 사람들이 자작나무 이파리나 공작새 깃털 또는 까마귀의 날갯짓에서 웅대한 산맥이나 화려한 궁전을 보았을 때에 못지않은 내밀한 기쁨을 느낄 수 있는 능력을 잃어버리지 않는다면, 아마도 그 이상으로 아름다운 일은 달리 없을 것입니다. 커다란 것이 마냥 크지만은 않듯이, 작은 것 또한 그저 작지만은 않습니다. 세계 전체는 위대하고도 영원한 아름다움을 지니고 있으며, 이러한 아름다움은 작은 것 안에도 큰 것 안에도 공평하게 퍼져 있습니다. 왜냐하면 세계의 본질 안에는 불공평함이라는 것이 존재하지 않기 때문입니다.

이따금 누군가의 훌륭함이 조용하면서도 명료하게, 당신과 그를 구별하게끔 만드는 그런 순간들이 존재합니다. 그런 순간들은 말하자면 보기 드문 축제라 할 수 있으며, 또한 당신이 결코 잊어서는 안 되는 순간들입니다. 당신은 곧 그러한 이들을 사랑하게 될 텐데, 이는 말하자면, 당신이 저 순간에 알아보았던 그의 개성의 밑그림을, 당신의 온화한 손길로 모사하게 된다는 것을 뜻합니다.

이것은 예술의 경우에도 마찬가지입니다. 예술은 말하자면 가장 넓고 거침없는 사랑이라 할 수 있습니다. 그것은 신의 사랑과도 같습니다. 예술은 삶의 문턱에만, 다시 말해 개별적인 것들에만 머물러서는 안 됩니다. 예술은 그것들을 답파해 내야만 하는 것입니다. 예술은 결코 지칠 수 없습니다. 스스로의 완성을 위해서, 예술은 모든 것이—즉, 하나가 존재하는 바로 그 자리를 생동하는 것으로 만들어야 합니다. 만약 예술이 그러한 하나를 선사할 수 있다면, 예술은 곧 모든 것에 대한 무한한 풍요로움으로 다가오게 될 것입니다.

얼마 전 볼해게너 습지(하일리겐담의 작은 삼림)에 갔다가 벚꽃을 딴 적이 있습니다. 저는 그것을 하루 종일 들고 다니며 관찰했습니다. 손 안의 벚꽃이 지닌 자태는 저를 감탄시켰습니다. 풀밭에서 볼 수 있는 순수한 푸르름이 새하얀 색이 되어 있는, 말하자면 푸른색 피가 흐르는 심장을 지닌 흰 빛깔이었습니다. 작은 늪 아네모네도 있었습니다. 기이할 정도로 아래에 매달린 아네모네 잎들에 이끌려서 갔던 그곳에서, 저는 곧바로 깨달을 수 있었습니다. 이것들을 지키기 위한 일종의 방패이면서, 동시에 풀밭에 과도하게 서려 있는 습기를 그러모으기 위한 넓적한 피뢰침이 되어 줄 어떤 작은 창조물들이 저 위에 존재하리라는 것을 말입니다. 모여든 습기들은 그리하여 다른 것으로 거듭남으로써, 저 위에 핀 꽃들로 하여금 바싹 마른 땅의 기억을 간직한 흰 빛깔을 띠도록 하는 것입니다.

장미들은 정말이지 아름답고도 아름다우며, 풍성하게 제 자신의 모습을 뽐내고 있습니다. 자기 자신의 심장을, 계속해서 말입니다.

학교가 제공해야 할 모든 앎은, 진심을 담은 것인 동시에 위대한 것이어야만 할 것입니다. 학교에서 가르치는 것에는 숨겨진 것이나 제약이 있어서는 안 되며, 아무런 의도도 가지지 않은, 감수성이 풍부한 교사에 의해 수업이 이루어져야 할 것입니다. 그곳에서 다루어지는 모든 과목들은 특정한 대상이 아니라, 삶 자체를 다루는 것이 되어야 합니다. 그럴 때에야 비로소 학교의 가르침들은 다시금 그들이 도달할 수 있는 최대한의 높이에 이르고, 모든 종교들의 영원한 근원이 될 저 위대한 관계들에 맞닿을 수 있을 것이기 때문입니다.

제가 생각하기에, 아주 어린 아이들은 우리가 상상할 수 없을 만큼 강렬하게 감각을 향유하고, 커다란 아픔을 느끼며, 맹렬하게 잠을 자는 것 같습니다. 하지만 시간이 흐르고 나면, 단지 육체적인 아픔 정도만이 여기에 버금갈 만한 사례로 남게 됩니다. 삶은 그 정도로 산만하게 우리를 다루는 것입니다.

아이들은 사랑 속에 안주합니다(제 어린 시절도 그랬을까요?), 하지만 아이들은 한편으로는 순전히 기만적인 상황에 처하곤 합니다. 마치 그들이 누군가에게 속한 존재일 수 있기라도 하다는 듯한 거짓에 붙들리고 마는 것입니다. 아이들이 무언가를 가리켜 "내 것"이라고 말할 때, 아이들의 말은 소유권을 주장하는 것이 아닙니다. 아이들은 단지 대상을 끌어안거나 놓아주는 것이기 때문입니다. 그럼에도 아이들이 붙잡고 놓지 않는 것이 있다면, 거기에는 신이 깃들어 있을 것입니다. 아이들은 아직 그분과의 내밀한 관계를 놓지 않고 있으며, 그분께서는 다른 모든 것들을 순결하고도 열린 품 안에 끌어안으시는 까닭입니다.

젊다는 것은 그런 것입니다. 더없이 아름다운 것들이 제공하는 놀라움을 향한 근원적인 신뢰, 그리고 매일매일의 발견에 대한 욕망.

더없이 훌륭한 것들과의 계속된 만남이 이루어진다는, 혹은 훌륭한 것들에 둘러싸여 있다는 상황이, 어떤 사람들에게는 단지 스스로를 깎아내리게끔 만드는 계기에 지나지 않는다는 것이 저로서는 끔찍할 뿐입니다.

기쁨은 행운보다 훨씬 더 좋은 것입니다. 행운은 인간의 삶에 갑작스레 끼어드는, 말하자면 운명에 속한 무언가이지만, 기쁨은 인간 자신을 활짝 피어나게 합니다. 기쁨이란 말하자면 가슴 속에 찾아드는 일종의 호시절인 셈입니다. 그러니 기쁨이야말로 인간이 자기 자신 안에 지니고 있는 힘들 중 단연 최고의 것이라 할 수 있습니다.

왜냐하면 저마다의 기쁨이 실현되는 것은 우리의 세계에서 이루 말할 수 없이 대단한 사건이 될 뿐만 아니라, 창조 역시도 오직 기쁨 안에서만 그 자신을 향할 수 있는 까닭입니다(이와 달리 행운이란 단순히 이미 존재하는 사물들이 일종의 미리 약속된, 혹은 의미심장한 성좌를 그려 내는 것에 불과합니다). 기쁨은 이미 존재하는 것들의 경이로운 불어남이며, 무로부터 벗어나는 순수한 증대입니다. 반면 행운은 이미 그 근본적인 차원에서부터 우리를 취약하기 그지없는 상태로 몰아가게 되는데, 이는 우리가 매번 우리에게 찾아온 행운이 얼마나 계속될 수 있을까에 대해서만 온 신경을 쏟고 걱정에 사로잡히게 되는 까닭입니다. 기쁨은 오직 하나의 순간에 작용하고, 의무를 지우지 않으며, 처음부터 이미 시간을 넘어서 있습니다. 우리는 기쁨을 붙들 수 없으며, 잃어버릴 수도 없는 것입니다. 기쁨의 진동 속에서 우리의 존재는 말하자면 화학적인 변화를 겪게 됩니다. 단지 물리적으로 조립되는 행운의 경우와 달리, 기쁨의 새로운 화합물 속에서 우리의 존재는 자기 자신을 맛보고 향유하게 되는 것입니다.

이와 같은 경험들을 통해 저는 더는 실망하지 않는 마음가짐을 갖게 되었습니다. 왜냐하면 보다 큰 것, 보다 위대한 것은 언제나 옳으며, 우리는 그것의 다가옴과 멀어짐을, 그것의 존재 여부를 헤아릴 수가 없기 때문입니다. 저는 오래 전부터 그것을 이전에 존재했던 어떤 큰 것으로부터 생겨난 결과물로 여기지 않았습니다. 제게 있어 그것은 차례차례 다가오는 무언가가 아니라, 언제나 알 수 없고, 또 전혀 예상할 수 없는 깊이로부터 솟아오르는 무언가였습니다. 그렇기에 저는 심지어 그것이 저를 찾아오지 않을 때조차도, 그것을 일종의 가능성으로 여기기를 그만둔 적이 없었던 것입니다.

저는 단 한 번도 저 자신에게, 세계의 저 모든 우울, 혼란,

일그러짐들 속에서도 여전히 위대하고도 완전한, 언제고 마르지 않을 삶의 가능성을 얼마나 믿을 수 있겠느냐고 질문해 본 일이 없습니다(그렇게 묻는 것은 결코 사려 깊은 일이 아니었을 것인 까닭입니다). 당신의 결혼을 기념하는 그날은 제게는 저를 시험하는 하나의 계기가 되었습니다. 그곳에서 저는 다음과 같이 고백해야 했습니다. 제가 저의 삶을 그 어떤 것으로도 훼손할 수 없는 귀중한 것으로 여기고 있다고 말입니다. 그토록 많은 숙명적인 불행들과 경악스러움들의 뒤얽힘, 그토록 수많은 운명들에서 비롯된 체념, 그리고 지난 몇 해간 도저히 항거할 수 없는 공포로 우리 안에서 자라난 저 모든 것들이, 존재의 충만함과 선함, 헌신 앞에서 저를 혼란스럽게 만드는 일은 결코 없었다고 말입니다. 아마도 무언가 소망을 품고 당신께 다가가는 것은 아무런 의미가 없는 일이 되었을 것 같습니다. 만약 삶의 선함들이 순수하고 정결하며, 그렇기에 침몰과 몰락으로부터 비롯된 가장 낮은 곳에서조차도 언제나 바람직하다는 확신이 다른 모든 소망들에 앞서지 않았다면 말입니다.

아, 우리는 세월을 셈해 가며 여기저기에 분기점들을 만들고는, 무언가를 시작하고 그만두기를 반복하며 그 둘 사이에서 끊임없이 망설이곤 합니다. 하지만 우리가 발견한 모든 것들이 하나의 전체로부터 나왔다는 것은 정말이지 얼마나 대단한 일인지요. 대체 어떠한 친연성 속에서, 하나는 다른 무언가와 관계하며 스스로를 탄생시키는 것일까요? 어떠한 친연성 속에서 그것이 자라고

훈육되어, 마침내 자기 자신이 되어가는 것일까요? 근본적인 차원에서 우리는 단지 존재할 뿐이지만, 우리는 또한 단순하게, 그리고 절실하게, 마치 이 세계가 거기에-있듯이(혹은 현존하듯이), 존재하고 있습니다. 계절들에 순응하며, 때로는 밝게 또 때로는 어둡게, 그렇게 우리는 이 세계의 모든 곳에 존재하고 있습니다. 별들이 서로 간에 펼쳐진 중력의 그물망 안에 계속해서 머무는 것과 달리, 우리와 다른 사물들 사이에서 안주하려 하지 않으면서 말입니다.

이 질문하기의 행위라는 것은, 말하자면 우리 자신의 삶 안에 속해 있는 질문과 호기심의 본성이 발현된 것이라고도 할 수 있습니다. 누가 거기에 응답하는 것일까요? 어쩌면 행운이나 불운, 예견할 수 없는 감정의 한순간이 느닷없이 우리에게 어떤 답을 들이밀게 될지도 모릅니다. 또는 우리 자신의 안에서 알게 모르게, 우리가 구하려는 답이 서서히 자라날 수도 있습니다. 그게 아니라면 어느 한 사람이 있어, 우리 앞에 답을 내어놓게 될지도 모를 일입니다. 그가 내놓을 답은 그의 시야를 옮겨 담은 무언가일 것이고, 또한 그 스스로는 알 수 없으며, 우리가 그에게 읽어 주어야 할 그의 가슴 속 새로운 페이지 위에 쓰여 있을 것입니다.

삶은 어려운 것입니다

Das Leben ist schwer

우리는 우리의 본령이라 할 수 있는 삶 안에 놓여 있을 뿐만 아니라, 수천 년에 걸친 적응과정을 거치며 삶 자체와 너무나도 닮게 되어 버린 나머지, 우리가 숨을 죽인 채 버틴다면 누구도 우리를 주위로부터 구분해 내지 못할 보호색을 가질 정도가 되었습니다. 그러니 우리가 먼저 우리가 살아가고 있는 이 세계를 불신할 이유라고는 어디에도 없습니다. 왜냐하면 우리의 세계가 우리에게 적대적일 리는 없기 때문입니다. 만약 세계 안에 공포가 존재한다면, 그것은 우리의 공포일 것이고, 만약 심연의 나락이 이 세계 안에서 입을 벌리고 있다면, 그것은 우리 안의 심연일 것입니다. 만약 세계 안에 위험이 도사리고 있다면, 우리는 그것마저도 사랑하려 애써야 할 것입니다. 만약 우리가 언제나 어려움으로 향해야만 한다는 원칙에 따라 삶을 이끌어 간다면, 이제까지는 더없이 먼 것으로 보였던 것들조차도 우리가 가장 신뢰할 수 있는 무언가로, 혹은 우리에게 더없이 귀중한 무언가로 거듭날 수 있을 것입니다. 모든 민족들의 시작과 함께하고 있는 저 오래된 전설들을 한번 떠올려 보십시오. 포악한 용들은 가장 극적인 순간에 공주로 변신하지 않습니까? 어쩌면 우리 삶 안에 도사리고 있는 모든 용들은, 실제로는 우리가 아름다움과 용기를 발휘할 순간만을 애타게 기다리고 있는 공주들일지도 모릅니다. 마찬가지로 심연 속에 도사리고 있는 경악스러운 것들 역시, 사실은 우리의 도움을 갈구하고 있는 가련한 존재일지도 모를 일입니다.

무언가를 수놓는 실이 옷감을 이리저리 통과하며 나아가듯이, 우리는 모든 것을 통과해 나아가고 있습니다. 여러 그림들을 그려 나가면서, 그러나 그것들이 무엇이 될지는 알지 못하는 채로.

예술의 역할이란, 우리가 대개 거기에 붙들려 있게 마련인 혼란들을 드러내어 보여 주는 것 외에는 없습니다. 예술은 우리를 고요하고 편안하게 만들어 주는 것이 아니라, 도리어 불안에 떨도록 만듭니다. 예술은 우리 모두가 서로 다른 섬에서 살아간다는 것을 입증해 줍니다. 다만 이 섬들은 우리가 저마다 고독하게, 서로 아무런 간섭 없이 살아갈 수 있을 만큼 충분히 멀리 떨어져 있지 않을 뿐인 것입니다. 그래서 누군가가 다른 섬에 사는 이를 방해하거나 겁먹게 할 수도 있고, 심지어 창을 휘두르며 위협할 수도 있습니다. 우리의 섬들은 오로지 서로가 서로를 도우는 것만이 불가능할 정도로만, 정확히 그 정도씩만 떨어져 있습니다.

섬에서 섬으로 건너가기 위한 단 하나의 방법이 있다면, 그것은 그저 발을 다치는 정도로는 끝나지 않을 만큼 위험한 도약을 감행해 내는 길뿐입니다. 이리저리를 향하게 될, 끝없는 이 도약에는 그러나 적잖은 난처함과 우스꽝스러움이 뒤따르게 마련입니다. 왜냐하면 서로를 향하고자 동시에 일어나는 두 도약은, 오직 공중에서만 겨우 만날 수 있으며, 따라서 둘은 그토록 힘겹게 각자의 위치를 바꾸고도, 결국은 전과 마찬가지로 서로—한 섬에서 다른 섬까지의 거리만큼—멀리 떨어져 있을 수밖에 없기 때문입니다.

어째서 삶은 그 마지막 순간까지도 이렇듯 위험하고 무자비한 것인지요? 잘 길들여진 존재의 내부에는, 그러나 어찌나 많은 힘들이, 마치 우리를 위협하는 야생동물들처럼, 도무지 만족을 모르는 채로 숨어 있는지요?

하지만 삶에서 체험을 찾으려고 드는 사람들이란 얼마나 끔찍한지요. 이들은 최초의 체험으로부터, 세 번째 네 번째 체험으로부터 아직도 벗어나지 못한 까닭에, 진정으로 삶에 안착할 수가 없으며, 언제나 스스로에게 과분한 무언가를 사냥하려 드는 것입니다. 이런 사람들이 그저 무언가를 사냥 중인 존재로 계속해서 머물 수 있다는 것, 이들에게 더는 새 어금니가 나지 않는다는 것이야말로, 신의 은총이 아니고 무엇이겠습니까?

아무래도 이 편지는 짤막한 일요일 편지가 될 수밖에 없겠습니다. 저는 지금 큰일을 앞두고 있기 때문입니다. 짐을 꾸리고 저의 작은 집에서 나와, 저 모든 근심과 가능성들, 모든 시간들에 깃들어 있는 위대함들과 더불어 예전의 자유로운 상태로 향하는 것 말입니다. 정말이지 저로서는 너무나 기쁘고 기대되는 일이 아닐 수 없습니다.

아아, 무언가를 시작할 수 있는 상태를 동경하지만, 제게는 언제나 모든 길이 막혀 있습니다. 저의 일은 어떻게 시작되는 것일까요? 아침마다 저는 이 쓸모없고도 근심 가득한 기다림과 더불어 일어나고, 실망 속에 잠들곤 합니다. 저 자신의 무능력함에 당황한 나머지, 어딘가 한 대 맞은 듯한 기분이 되어서 말입니다. 아아, 제가 무언가 기술을 배웠더라면 얼마나 좋았을까요. 하루하루 할 수 있는 무언가를, 손에 닿는 것들과 더불어 할 수 있는 무언가를……

머나먼 것들을 향한 이 모든 기다림들, 이것은 일종의 자만이었던 것일까요? 아아, 의지가 흔들린 인간에게는, 그의 세계 역시 흔들리는 법입니다.

사람들을 진정으로 알아보기 위해서는 그들을 떼어놓아야만 할 것입니다. 그러나 오랜 경험에 비추어 보았을 때, 개개의 관찰들을 관계 안으로 끌어들이는 것, 혹은 성숙한 시선으로 그 지루한 몸짓들을 좇는 것은 무가치한 일일 뿐입니다.

제가 젊은 사람들에게 이야기해 드리고 싶은 주제는 언제

나 오직 하나뿐입니다(그리고 이것은 제가 지금까지의 삶으로부터 확실히 알게 된 거의 유일한 깨달음입니다)**. 바로 우리가 언제나 어려움과 함께해야만 한다는 것 말입니다. 이것이 삶 속에서** 우리에게 주어진 몫이자 우리의 역할입니다. 우리는 삶 속으로 충분히 들어섬으로써, 삶이 짐이 되어 우리 어깨 위에 놓일 수 있도록 해야만 합니다.

저는 다만 이 지긋지긋한 탄생으로부터 벗어나고 싶을 뿐입니다. 말하자면 이것은 제가 간절히 청하고자 하는 일종의 유예인 것입니다. 그럼에도 만약 누군가의 존재가 정당화될 수 있다면, 저는 그것이 우선 아이이길 바랍니다. 탄생이 그것을 둘러싼 시간으로 말미암아 삶을 회피하는 것이 아니라면, 제가 생각하는 것이 무언가가 벌어지는 상황에 대한 회피가 아니라, 우리가 가능한 한 온전히 추슬러야 할 어떤 특별한 접촉이라면 말입니다. 저는 도망치고 싶은 것이 아닙니다. 저는 우선은 그것을 지켜본 다음, 차분하게 준비를 하고 싶은 것입니다. 비단 저에게만이 아니라, 천을 헤아리게 될 저의 정신적인 후손들에게까지 돌이킬 수 없는 상처가 남을지도 모를 그런 시간 속에서도, 제가 과연 저 어지러운 난장을 피해 갈 수 있을지를 살펴보려는 것입니다. 저와 비슷한 상황에 처했던 예술가들은 아마도 이와 유사한 종류의 사려 깊음을 어떻게든 활용하고자 했을 것입니다. 그러나 저로서는 정말이지, 저를 다치지 않게 하면서 휘두를 방법을 알 수 없는 저 무기를 도저히 손에 쥐고 싶지가 않습니다.

이제 삶 자체를 생각해 보십시오. 사람들이 허황된 제스처들을 수도 없이 지니고 다닌다는 사실을, 그리고 사람들이 으레 믿기 어려울 정도로 거창한 말들을 늘어놓는다는 사실을 떠올려 보시기 바랍니다. 그들이 다만 잠깐이라도 마르코 바사이티Marco Basaiti의 아름다운 성인들처럼 고요하고 풍요로울 수 있었다면, 당신은 그들의 배경에도 어떤 공통된 풍경이 펼쳐진 것을 발견했을지도 모릅니다.

나중에서야 그 존재에 깃든 풍요로움과 신성함을 증명할 수 있었던 아이들이, 이러저러한 이유들로 인해 '순수한 삶'에 더 이상 함께하지 못했던 경우가 얼마나 많은가요. 저 순수한 삶을 홀로 맞이하고, 그럼으로써 사람들의 무리로부터 떨어져 나오게 되는 것을 최악의 상태라고 보아서는 안 됩니다. 힘 있는 것, 열정적인 것, 무엇보다도 위대한 것은 이와 같은 가혹함 속에서 가장 번성하기 때문입니다. 만약 우리가 무언가로부터 위로를 받고자 한다면, 그와 같은 '보살핌을 받는' 대부분의 아이들을 빈곤과 제약 속에서 자라나게끔 만드는 저 당위적인 보호보다는, 차라리 가혹함이야말로 삶 자체에 직접적으로 맞닿아 있는 것입니다.

대부분의 사람들은, 심지어 대낮에도, 운명이 그들에게 무한하게 무언가를 선사해 주기를 바람으로써 그것을 잘못된 방식으로 받아들이곤 합니다. 그렇게 그들은 운명에 대한 믿음을 잃고 그것을 나쁘게 여기게 되거나, 또는 반대로 운명에는 무언가 부수적인 의도 따위가 있다고 여김으로써, 마치 무언가가 그들을 위해 일어나고 있다는 듯이 믿어 버리는 것입니다.

기쁨을 맞이한다는 특권은 우리가 생각하는 것보다 훨씬 드물게 주어집니다. 한편으로는 기쁨을 받아들이지 못하는 우리의 끈질긴 무능력으로 인해서, 다른 한편으로는 저 무능력과 더불어, 이미 줄곧 장애물로 자리해 왔던 듯한 우연이 사람들 사이에 똬리를 튼 채, 혼란스러운 시간들 속에서 더더욱 비대해짐으로써 말입니다. 그리하여 기쁨은 더없이 부드럽게 주어질 때조차도, 그것을 받는 이들에게 가히 극단적인 적응 과정을 요구하게 되는 것입니다. 그러나 만약 기쁨이 주어지는 것이 "사실이라면", 그러한 과정은 기쁨을 선사받는 이의 자연스러운 활동과 절로 어우러지게 될 것입니다.

산다는 것이 어떻게 가능할까요?

Wie ist es möglich zu leben?

근본적인 차원에서, 말하자면 가장 내밀한 것들과 긴요한 존재들의 층위에서, 우리는 고독하고 이름 없는 존재일 뿐입니다. 때문에 우리 중 누군가가 다른 이에게 조언을 줄 수 있어야 하고, 도움을 줄 수 있다는 저 가능성 자체로부터 많은 일이 일어나고 또 많은 것이 달성되어야 하며, 그럼으로써 우리에게 주어진 것들의 총체적인 성과가 그려져야만 합니다. 그럴 때에야 우리는 비로소 한 번의 성공에 이를 수 있을 것입니다.

제가 오늘 이 자리에서 당신께 말씀드리고자 하는 것은 단 두 가지입니다. 우선 하나는 아이러니입니다. 아이러니가 당신의 온 마음을 지배하도록 놔두지 마십시오. 특히 당신의 창조적 능력이 충분히 발휘되지 못하고 있는 중이라면 말입니다. 반면 당신의 창조력이 충만해 있는 상태라면, 아이러니를 하나의 수단으로, 삶을 이해하기 위한 도구로 활용해 보시기 바랍니다. 만약 그것이 순수하게 사용될 수 있다면, 아이러니 역시 순수해질 수 있습니다. 그렇게 된다면 사람들은 더는 그것을 부끄러워할 이유가 없을 테지요. 만약 당신이 아이러니에 지나치게 의존하고 있다고 느끼거나, 아이러니와 과하게 가까워지는 것이 염려되신다면, 위대하고 진지한 사물들에 스스로를 맡겨 보시기 바랍니다. 그와 같은 사물들에 비하면 아이러니란 작고 보잘것없는 존재가 될 것이기 때문입니다. 언제나 사물들의 내밀한 영역을 향하도록 하십시오. 아이러니는 결코 그곳까지 도달하지는 못할 것입니다. 또한 만약 당신이 위대한 것의 가장자리에나마 도달하시게 된다면, 그 즉시 다음과 같이 자문해 보시기 바랍니다. 그와 같은 견해가 당신의 존재가 갖는 필연성으로부터 솟아난 것인지 말입니다. 왜냐하면 보다 진지한 사물들의 영향 하에서, 아이러니는 (만약 그것이 우연의 산물이라면) 당신을 등지게 될 수도 있지만, 경우에 따라서는 (그것이 진정으로 당신 자신으로부터 비롯되었다면) 반대로 진지한 도구로 강화됨으로써 당신의 예술을 일구어 낼 수단들 중 하나가 되어 줄 것이기 때문입니다.

그러나, 그럼에도 불구하고, 한 사람 한 사람의 개인들이란 정말이지 얼마나 희망찬지요. 얼마나 진실되고, 선하며, 풍요로운지요—그러다 막상 우울하고 혼란스러운 군중을 마주하게 되면, 우리는 대체 어떻게 저 개인들이 군중들 속에서는 그토록 흔적도 없이 사라지고 마는지 도무지 이해할 수 없게 되는 것입니다.

오늘날 사람 사이의 관계라는 것이 어떻게 이루어지고 있는지에 대해 우리는 별다른 어려움 없이 말할 수 있습니다. 좋든 나쁘든 간에, 부모들뿐만 아니라 학교 역시도 아이들에게 부당함을 행사하고 있다고 말입니다. 이들은 무엇보다도, 자기가 아이들에 대해 깊이 숙고해 보았다 자부하는 그런 어른들이 제시하는 전제들에 기댐으로써, 잘못된 방식으로 아이들을 재단하는 것입니다. 그러나 잘못된 부모와 학교가 끝내 알지 못하는 사실이 있다면, 그것은 바로 아이들을 동등한 눈높이에서 바라보는 것이야말로 더없이 위대한 이들이 도달하고자 분투했던 목표라는 사실입니다.

우리가 '아니오' 속에서, 다시 말해 끝없는 '예'들이 범람하지 않는 그곳에서 순수하게 존재할 수 있다는 것, 이러한 상태야말로 우정이 도달해야 할 최상의 과제들 중 하나일 것입니다.

우리는 다른 사람들에 대해 생각하기 이전에, 우선은 모든 제약으로부터 벗어난 자기 자신이 되어 있어야 합니다. 스스로의 본성을 다스리고, 자신과 꼭 닮은 이에게 그것을 활용할 수 있기 위해서, 우리는 먼저 우리 자신의 본성을 파악하고 있어야만 하는 것입니다.

아니오, 그런 것들이 제가 파리로 돌아가고자 하는 '실용적인' 이유들은 아닙니다. 전혀요. 저는 '위대한 사물들과 사유들'로부터 멀어지고자 하는 것이 아닙니다. 오히려 저는 모든 것들이, 다시 말해 초라한 것이나 추한 것, 혹은 다른 곳에서라면 모두가 외면하는 것들조차도, 마치 위대한 것처럼, 형용할 수 없을 만큼 매력적이고 영원한 무언가처럼 다가오게 되는 그곳으로 가고자 하는 것이기 때문입니다. 자신의 천성에 따라 삶 속에서 수많은 사물들을 바라보는 예술가가, 그러한 자신의 성향을 통해 삶 전체를, 다시 말해 세계 그 자체를, 마치 삶이 그 모든 가능성들과 더불어 스스로를 관통하는 듯한 상태에서 경험하게 되는 바로 그곳으로 말입니다. 파리는 제게는 도저히 헤아릴 수 없는 가르침 같은 곳입니다. 더없이 멀리 떨어져 있고, 극단적이며, 더는 증명할 수조차 없게 되어 버린, 그런 영혼의 경험으로부터 비롯된 사실들을 전례 없는 가시성에 이르도록(당연히 이것은 다른 무엇보다도 멀리 내다볼 수 있다는 의미입니다) 압축하고, 지연시킴으로써, 그것들을 저의 눈앞에, 저의 감정이 향하는 그곳에 내놓는 그런 공간이 바로 파리인 것입니다. 파리에서 저는 모든 것에 대해서 배우고, 모든 것을 배웁니다. 말하자면 파리 그 자체가, 결코 중단되는 일이 없고, 전혀 틈이 없으며, 어중간한 것이라고는 전혀 없으면서도 또한 같은 것이 반복되는 일이라고는 찾아볼 수 없는 그런 수업인 셈입니다. 물론 저는 파리가 제공하는 저 교육과정을 거의 시작해 보지도 못했지만 말입니다. 지난해 5월 초에 저는 뫼동을(뫼동과 그곳에 관련된 것들은 지금까지 말씀드린 바와는 조금 다를 것입니다. 그곳은 말하자면 로댕 그 자체였으니 말입니다) 떠났고, 지난 7월 중에는 더는 일에 손을 대지 못하게 되었습니다. 당신도 어느 정도 알고 계실 이 힘겨운 나날들이 맺은 결실들의 존재가—적어도 작은 소책자에 수록되어 있는 시편들에 관해서라면—당신께 순전히 실용적인 어떤 의도들에 대한 인상을 제공해 드렸을지도 모르겠습니다. 하지만 그러한 인상이 제 작품들에 대한 견해의 전부일 수는 없으리라고 저는 확신합니다. 이 작품들은 제게, 만약 언젠가 제가 확신을 가지고 그것들을 활용할 수 있게 된다면, 제가 오래 전부터 마음에 품고 있었으며, 1부보다 훨씬 더 나아간 것이 될 『기도시집』 2부를 위한 여러 표현들의 실마리를 제공해 주었던 것입니다. 만약 당신이 보시기에 파리에서 보낸 예의 석 달이, 그곳으로 돌아가고자 하는 저의 생각과 상충되는 그런 미심쩍은 것처럼 여겨지고 있다면, 저는 당신께 다음과 같이 부탁드리고 싶습니다. 일전에 파리에 머물렀던 시간(1902년에서 1903년까지)은 제게 『기도시집』의 가장 아름다운 부분을(가난과 죽음에 대한 책)을 선사해 주었으며, 또한 파리의 경험이 있었기에 제가 1904년에서 1905년 사이의 그 시간 동안 (제 생각에는 파리에서가 아니고서는 도저히 끝을 맺을 수 없을 것 같고, 또한 저 스스로도 파리에서 마무리를 하고 싶은 작품인) 『말테의 수기』에 착수할 수 있었음을 잊지 말아주십사 하고 말입니다.

혹여 제가 정말로 일 년 정도 그곳에 머무를 수 있게 된다면, 저는 직장을 찾거나, 여하간의 직업적 관계를 형성하려는 노력을 소홀히 하지 않을 생각입니다(이것은 당신께 보내 드렸던 지난번의 편지보다 앞서 결심한 바입니다). 가능한 한 오랫동안 그곳에 머물기 위해서라도 말입니다. 하지만 만약 당신이 원하시는 것이, 제가 파리에 도착하는 즉시 예술 혹은 극작품에 대한 비평을 발표하거나, 다른 여러 기고문 집필에 착수하는 것이라면, 애석하게도 그것은 저의 소망이나 진정한 동경과는 완전히 반대의 방향을 향하는 것이라고 말씀드리고 싶습니다. 저는 파리에 주재하는 『베를리너 뵈르젠 쿠리에』 소속의 예술 · 공연 분야 보도원을 한 사람 알고 있는데, 이 사람은 계속해서 밀려드는 일거리들 때문에 오래 전에 이미 스스로의 작업을 포기해야만 했던 것입니다. 비단 그의 예가 아니더라도, 정말로 재기 넘치는 이들조차 실제로는 열악한 처지에 놓여 있다는 것을 저는 잘 알고 있습니다. 그런 사람들은 이미 많은 것을 내려놓았음에도 불구하고, 계속해서 여러 성과들을 내지 않으면 안 되는 까닭에 밤낮없이 일할 수밖에 없으며, 심지어 그러면서도 스스로의 균형을 잃지 말아야 한다는 압박에 시달리고 있는 것입니다. 게다가 제가 파리에서 배워야만 할 일들이 마냥 손쉬운 것일 리도 없지 싶습니다. 우선 극장에 간다는 것부터가 제게는 무척 난처할 수밖에 없는 것이, 그곳에서 하루저녁을 보내려면 지나칠 정도로 신경이 소모되는 데다, 저 자신의 건강 상태부터가 밤에 무언가를 하기에는 전혀 적합하지 않은 까닭입니다. 물론 그게 아니더라도 저는 애초부터 밤에 일을 하는 부류의 사람은 아니지만 말입니다. 그렇지만 분명 전통적인 혹은 새로운 예술들이 남긴 여러 인상들은 저로 하여금 무언가 말하지 않을 수 없도록 만들 것이며, 활기차게 움직이는 저 도시의 상을 제 안에 불러일으킬 것입니다. 그런 기회들을 놓칠 수야 없겠지요(이미 저는—베르거 남작이 발행하는—『오스트리아 룬트샤우』와 친교를 맺을 계획을 세우고 있는 참입니다. 거듭하여 저를 초청하기도 했고, 얼마 전에는 시 한 편을 실은 일도 있으니 말입니다). 하지만 한번 생각해 보시기 바랍니다. 분명한 확신을 담아 말씀드리건대, 저는 제 고유한 작업 안에서 머물게 되거나, 혹은 제가 만약 (무엇보다도 언제나 일할 수 있는가에 대한) 당신의 내밀한 질문에 실질적인 답변을 제시할 만한 시간과 능력을 갖게 된다면, 저 기회들을 활용하는 데에 점차 익숙해질 것이고, 언젠가는 그렇게 얻은 것들을 다양하게 사용하는 데에까지도 이를 수 있을 것입니다. 그것들이—다만 한순간이라도—굳게 지켜지길 바라고 있는 저의 내밀한 부분들을 위협하지 않도록 하면서도 말입니다. 오늘에 이르기까지 제가 거쳐 왔던 경험들을 통해, 저는 삶의 진정한 진일보는 결코 급작스럽게 나타날 수 없다는 것을 배웠습니다. 다시 말해 삶 속에서 마주하게 되는 진일보의 순간이란 늘 소리 없이 나타나는 법이며, 저 자신이 고요하면서도 절실하게, 지난날 제가 가장 내밀한 의미에서 스스로의 과제로 삼았던 여러 사물들에 천착할 때 비로소 다가오는 셈입니다. 의기소침하고 침울했던 유년시절을 지나게 되면서, 저는 점차 이와 같은 깨달음을 제공해 주는 여러 경험들로 나아갈 수 있었습니다. 그리고 이곳 카프리에서의 시간은, 제가 지금 이 순간 무엇을 할 수 있는가를 훨씬 더 선명하게 보여 주었습니다. 로댕의 곁을 떠날 그 무렵에 저는 이미 깨닫기 시작했습니다. 예전에는 아직 무언가를 완벽하게 끝마치지 못했다는 내적인 머뭇거림에 붙들려 놓지 못했던 수많은 것들이, 실제로는 다만 그럴듯한 겉치레를 위해서나 필요한 것들이었음을 말입니다. 일전에 제가 당신께, 제가 점차 커져 가는 어떤 환영들에 둘러싸여 있지만, 만약 제가 거기에 충분히 집중할 수만 있다면 그것들을 정말로 이해하고 형상

화해 낼 수 있을 것이라고 말씀드렸던 것을 기억하십니까? 그럴 때마다 사실은 제가 저 겉치레들에 얼마나 많은 공을 들이고 있었을지 이제는 이해하시겠지요. 만약 제가 이렇듯 허망한 수고에 매진하기를 그만둘 수 있다면, 저는 아마도 그 즉시 저의 모든 과제들과 더불어, 이전에는 도달해 본 적 없는 고요한 과업의 높이에 도달하게 될 것입니다. 물론 제가 만약 엉뚱한 데에 신경을 써야만 하는 상황에 놓이게 된다면, 그것들은 이내 산 아래로 굴러 떨어지고 말 것이며, 만약 그렇게 된다면 신화 속의 남자와는 달리 떨어진 것을 그 즉시 다시금 밀어올리기 시작할 수 없을 저로서는, 저 남자보다 훨씬 더 격렬한 분노에 사로잡히게 되겠지만 말입니다. 부탁드리건대, 제가 지금 이 순간 애쓰고 있는 것들이, 결코 저의 최종적인 목표가 될 수는 없으리라는 사실을 간과하지 말아 주시기 바랍니다. 이렇게 말씀드리고 싶지는 않지만, 저로서는 다만 이렇게 일을 할 수 있을 뿐이고, 오직 이러한 방식으로만 저의 삶에 대해서 사유할 수 있을 뿐인 것입니다. 말하자면 저는 머나먼 목표가 아니라, 오히려 지금 이 순간 제가 필요하다고 믿는 도움을 붙잡고자 노력하고 있습니다. 바로 지금 이 순간을 위해서, 저의 발전을 위한 수많은 내적인 노력들 중 하나가 되어 줄 이한 순간에 적절하게 개입하기 위해서 말입니다.

금방 손에 쥘 수 있을 듯 느껴지는 모든 것과 더불어, 중단될 수 없는 시간 속으로 전에 없이 깊이 가라앉으려는 것이, 혹은 저에게 더없이 깊은 고독을 제공해 줄 뿐만 아니라, 필요하다면 저를 구성하는 원소들을 보충해 줄 것임이 분명한 그곳으로 제가 향하려는 것이, 정말로 무책임한 처사인 것일까요? 당신은 정말로 믿지 않으시는 것입니까? 이 노동의 나날들의 끝에 이르러 제가 세 권이나 네 권쯤 책을 끝마치게 되면, 혹은 제가 아무것도 이룬 것이 없다는 그런 중압감으로부터 해방되어 저의 일을 편안한 마음으로 대하게 되고, 지금 이 순간 저를 혼란스럽게 하는 저 들쭉날쭉하고 혼잡스러운 것들에 초연해지게 되면, 삶에 대한 저의 확신을 위해서, 또한 저의 외적인 진전을 위해서 무언가가 일어나게 되리라는 것을 말입니다. 노골적으로 말해서, 만약 저 자신이 최악의 경우 그와 같은 나날들의 끝에 이르러 제가 벌어들인 소득을 되돌아보아야 하게 되었다고 생각해 봅시다. 두 손은 이미 시작해 버린 일들로 가득 차 있으며, 온 혈관은 그러한 일들의 울림으로, 어떤 시끄러운 상황이나 다른 화제들을 동원해 무시하려 했다간 다시는 돌아오지 않을 목소리들로 포화 상태에 이르러 있는, 그런 누군가에게 그와 같은 상황이 닥쳐든다면 어떻게 될까요? 자신이 이룬 성취들 속에서 비로소 스스로를 느끼고 확신할 수 있었던 이 사람에게 저 상황이 무언가 다른 것으로 받아들여질 수 있을까요? 말하자면 이것은 출산을 앞둔 가련한 여인의 상황과도 같은 것이라고 할 수 있습니다. 출산을 하기 위한 장소부터 찾아야 할 그 상황에서, 그녀는 자신이 무사히 해산을 마치는 것 외에 다른 일들을 함께 해낼 수 있으리라는 생각을 떠올릴 수조차 없는 것입니다.

솔직히 말씀드리자면, 삶을 헤치고 나아갈수록, 당신이 말씀하시는 그런 직접적이고 쓸모 있는 보답을 발견하는 일은 점점 더 어려워졌던 것 같습니다. 삶이 제게 어려운 것이 되어갈 뿐만 아니라, 저 자신 또한 삶이 저에게 점점 더 어려운 것이 되도록 만들어 가기 때문입니다. 대개는 마지막 순간에 저의 자리가 어디가 될 것인지에 대한 답을 구하기 위해, 스스로에게 계속해서 자문하면서 말입니다. 한 편의 시, 또는 다른 예술작품이 모종의 행운을 만남으로써 도달하게 되는 뛰어난 통찰이나 성공은, 당연하게도 우리가 일상적인 차원에서 이야기하는 성취나 능력을 가리키는 것이 아닙니다—만약 우리 두 사람 중 누가 더 어려운 상황에 처해 있는가를 저울질해야 한다면, 저울은 분명 제 쪽으로 기울어지게 될 것입니다.

그 어떤 곤경 속에서도, 예술적 창조력을 가진 이는 분명 어떤 커다란 힘 안에서 자기 자신을 확인할 수 있습니다. 이 힘은 때때로 그에게 봉사하고, 그와 더불어 많은 것들을 성취함으로써, 그가 이 힘을 놓치지 않기 위해, 다른 곤경 속에서와 마찬가지로 극기를 발휘하도록 몰아가는 것입니다.

이미 고통에 시달리고 있는 이들을 위해 준비된, 강인한 인내심을 길러낼 만큼 단단하고 비옥한 지반은 과연 어디에 존재하는 것일까요?—저는 아직 명료한 해답을 얻지 못한 것 같습니다만, 어쨌든 저 자신에게 자주 위와 같은 질문을 던지곤 합니다. 그리고 질문이 계속되는 과정에서 우리는 결국 인정할 수밖에 없게 됩니다. 평범하기 그지없는 사례들에서 결코 잊을 수 없는 어떤 특별한 형상에 이르기까지, 그토록 다채로운 현상들을 일일이 들여다보더라도, 삶이 가장 병들어 있고, 고통스러우며, 자칫하면 목숨이 위태로울 그런 상황들 속에서도 계속되어 왔음을 확신하게 해줄 무언가란 거의 없었다는 것을 말입니다. 우리가 온통 끔찍함만이 우리를 둘러싸고 있는 그런 곳에서조차도, 우리가 여전히 삶을 사랑해야 하는 입장에 놓여 있음을 역설해 줄 무언가란 거의 찾아볼 수 없었다는 것을 말입니다. 그렇습니다. 과도한 욕망도 거기에 지나치게 개입하려는 의지도 없이, 그저 스스로의 빛나는 운명을 무심하게 짊어지고 있던 인간이, 어떤 급작스런 추락을 겪고는 절망에 빠져들지만, 그렇게 도무지 앞이 보이지 않는 감옥의 밑바닥에서 병들고 학대당한 채임에도 불구하고, 끝끝내 가슴에 품고 있었던 기쁨과 확신을 펼치는 것이야말로, 진정 우리가 첫 번째로 깨우치고 즐길 만한 일인 것입니다.

저는 제 힘이 닿는 한 열정적으로 이러한 삶의 행로를 걸어 왔습니다. 삶의 어려움을 단숨에 뛰어넘는 어떤 경이로운 극복을 가능케 해줄 그런 비밀이 드러나는 것을 보지는 못했지만, 그럼에도 저는 삶의 어려움을 이겨내는 극복은 언제나 계속해서 이루어지게 되리라는 흔들림 없는 확신 속에서 살아가고 있습니다.

유년시절을 갖는다는 것은, 곧 수없이 많은 삶을 그 앞에 두었음을 뜻하는 것입니다.

우리는 커다란 물줄기처럼 되어, 운하로 흘러드는 대신 버드나무가 자라는 대지를 적시고자 하는 것이 아닌지요? 우리는 한데 모여들어, 소리를 내며 흘러야 하겠지요. 그렇지 않습니까? 만약 세월이 흐르고 우리가 아주 늙게 된다면, 어쩌면 한 번쯤은, 마지막의 마지막에 이르렀을 그때, 모여들었던 힘들이 느슨해지고, 넓게 퍼져서, 삼각주로 흘러들 수 있을지도 모르는 것입니다.

당신은 당신의 삶을 바꾸어야 한다

Du mußt dein Leben ändern

엮은이의 말

"만약 삶을 구성하는 요소들이 우리로서는 끝내 붙잡을 수 없는 무언가로 이루어져 있다면, 산다는 것이 어떻게 가능할까요? 만약 우리가 결코 사랑에 이를 수 없고, 확신을 가지고 결정을 내릴 수 없으며, 죽음 앞에 무력하다면, 우리가 이곳에 존재한다는 것은 어떻게 가능한 것일까요?"

릴케의 모든 작품은 결국 이 질문에 대한 답변의 시도라고 해도 과언이 아닐 것입니다. 그리고 여기에 대한 그의 답변은 언제나 명료합니다. 모든 삶은 (릴케의 초기작에 제시된 표현을 빌자면) "살아지는" 것이며, 따라서 삶은 숙고와 성찰의 대상이 아니고, 이해되거나 측량될 수도 없다는 것입니다. 이것이 릴케가 1915년 11월 8일에 로테 헤프너Lotte Hepner에게 보낸 편지에 썼던, 인류가 지난 수천 년 동안 몰두해 왔던 질문에 대한 간결한 답변입니다. 그러나 릴케는 한편으로, 그토록 간단한 답변에조차 다다르지 못하도록 우리를 가로막는 여러 어려움들을 분명하게 의식하고 있었습니다. 우리는 생각하는 존재이며, 의식과 성찰 없이는 살아갈 수 없습니다. 그래서 우리는 계속해서 다른 데에 관심을 쏟고, 개개의 상황이나 감정에 굴복하며, 무언가가 일어나게끔 놓아두기보다는 우리가 마주하는 사물과 사람들에 일일이 반응하곤 합니다. 우리는 또한 스스로를 주변의 여러 사건들의 원인으로 간주하거나, 또는 대개의 상황들 속에서 우리의 역할이 명료하게 주어져 있다고 여기곤 합니다. 이러한 태도를 취함으로써, 우리는 삶이 우리를 위한 것인지, 혹은 우리를 적대하는 것인지의 양자택일 속에서만 삶을 바라보게 되고, 결국은 삶이 갖는 진정한 폭과 경이로운 가능성들을 소홀히 하게 되고 마는 것입니다. 그리고 릴케는 바로 저 경이로움의 폭과 깊이를 헤아리는 것을 스스로의 과제로 삼았습니다.

하지만 그와 같은 과제에 도전하는 것은 릴케에게도 결코 쉬운 일이 아니었습니다. 그의 현존은 늘 수많은 좌절과 실패 속에 자리했으며, 때문에 릴케는 자신 또한 "삶이 제공하는 고통의 수업"을 반복해야만 하는, 특별한 재능을 갖지 못하고 태어난 평범한 사람에 불과하다고 생각하곤 했습니다. 그리하여 그는 삶에 대한 자신의 충고에 처음부터 다음과 같은 한계를 설정했던 것입니다.

"당신을 위로하려는 사람이, 당신에게 이따금 힘이 되는 그런 단순하고 소박한 말들 안에서만 살아가고 있으리라 여기지는 말아 주시기 바랍니다. 그의 삶은 분명 당신의 그것보다 훨씬 더 많은 고난과 슬픔 속에 자리하고 있을 테니 말입니다. 만약 그렇지 않다면, 아마도 그는 당신에게 그와 같은 말들을 전할 수가 없었을 것입니다."

프란츠 싸버 카푸스Franz Xaver Kappus에게 보낸 1904년 8월 12일의 편지에 담긴 이 몇 안 되는 문장만으로도, 우리는 이미 뚜렷하게 드러나는 두 지점을 발견할 수 있습니다. 릴케는 삶의 어려움으로 말미암아 삶을 포기하는 귀결에 이르는 대신, 그와 같은 어려움을 삶을 보다 명료하게 성찰할 기회로 삼고자 했습니다. 만약 그러한 노력이 없었다면, 릴케는 그가 보여 준 삶에 대한 인내와 명료한 인식을 손에 넣을 수 없었을 것입니다. 그리고 한편으로 우리는, 위에 제시된 릴케의 한계 설정이 결코 변명이 아니라는 점을 놓치지 말아야 합니다. 저 설명은 릴케가 자신의 말을 뒷받침하기 위해 덧붙인 것이 아니라, 오히려 상대방에게 올바른 길을 제시할 수 있다는 자만으로부터 스스로를 지키기 위해 설정해 둔 한계이기 때문입니다. 그러니 우리가 만약 겉으로 드러난 그의 말들에만 의지하게 된다면, 결국 우리는 릴케를 근본적으로 오해할 수밖에 없는 셈입니다.

그 누구도 우리의 삶으로부터 무언가를 덜어줄 수는 없습니다. 누구도 우리에게 주어진 삶을, 우리를 위하여 대신 살아줄 수는 없기 때문입니다. 때문에 자기 자신을 위한 변호를 시도하는 대신, 릴케는 삶을 이미 낱낱이 이해했다는 착각이 그를 더 이상 아무 말도 할 수 없는 상태로 몰고 갈 뻔했다는 사실을 우리로 하여금 되새겨보게끔 만듭니다. 언어 안에서, 언어를 통해 살아가야 할 시인에게 있어, 더 이상 할 말이 없어진 상태란 그야말로 죽음과 다름없는 상태일 수밖에 없는 것은 당연한 이치였습니다. 결국 삶을 이해한다는 것은 릴케에게 자기 자신을 새롭게 이해하고 새롭게 기획해야 한다는 끊임없는 과제이고, 도전이자, 기회였던 것입니다. 삶을 완전히 이해하고 더 이상 그에 대해 이야기하지 않아도 되는 상태라는 것은, 그가 보기에는 그야말로 모든 것이 끝나 버린 상태를 의미하는 것이었습니다. 때문에 삶에 대한 릴케의 결론은 언제나 다음과 같은 하나의 질문에 대한, 가능한 답변들의 무수한 변용들로 제시되었던 것입니다. "만약 삶을 구성하는 요소들이 우리로서는 끝내 붙잡을 수 없는 무언가로 이루어져 있다면, 산다는 것이 어떻게 가능할까요?"

그러나 바로 그렇기 때문에 우리의 삶은 가능해집니다. 다름 아닌 우리의 삶을 구성하는 요소들이, 심지어 우리가 실제로 삶을 살아가고 있는 이 순간에조차도, 또는 우리가 삶을 살아가는 바로 이 순간에도, 여전히 우리의 손아귀를 완전히 벗어난 채로 머물러 있기 때문입니다. 릴케에게 있어 삶이란 철학적인 이해를 통해 파악할 수 있는 추상적인 문제가 아니었습니다. 삶이란 곧 우리가 계속해서 일으켜야만 하는 종교 너머의 기적이자, 우리를 계속해서—생기론이나 생철학을 넘어선 지평까지—나아갈 수 있도록 이끌어 주는 무언가인 셈입니다.

"그렇지만 이것이 바로 삶이 아닐까요? 여러 보잘것없는,

불안한, 작디작은, 그리고 부끄러운 하나하나가 마지막에 가서는 하나의 커다란 전체로 거듭나는 것 말입니다. 삶이란 아마 우리가 이해하거나 의도할 수 있는 것이기보다는, 오히려 우리의 가능성과 실패가 한데 뒤섞여 만들어 내는 무언가일 것입니다."

릴케는 1913년 12월 9일 시도니 나드헤르니 폰 보루틴 Sidonie Nádherný von Borutin에게 보낸 편지에서, 삶이 드러내는 저 이해 불가능성을 그것이 만들어 내는 일종의 거리 개념으로 설명하고 있습니다. 삶이란 언제나 계속해서 우리로부터 멀어지게 마련이고, 또한 이따금 우리가 삶을 이해했다고 착각할 때마다, 삶은 오히려 그 거리를 더욱 벌리는 것입니다. 저마다의 계획에 따라 진행되던 모든 것이 별안간 멈추고 틀어지는 바로 그때, 우리는 삶 속에 알 수 없는 무언가가 들어섰다는 것을, 이질적인 무언가가 일어났다는 것을 불현듯 깨닫게 됩니다. 릴케가 이해하고자 했던 것은 바로 이와 같은 삶의 이중성이었습니다. 한편으로 삶은 우리 앞에 완전히 열린 채 주어져 있으며, 그저 그것을 살아가는 것 이외에는 다른 어떤 것도 우리에게 요구하지 않습니다. 그러나 동시에 이 완전한 열림 속에서, 삶은 도리어 매 순간 우리로부터 멀어져 가는 것입니다. 삶을 이해한다는 것은 그러므로, 각각의 순간 속에서 삶이 제공하는 완전히 새롭고 생경한 것들을 경험하기 위해, 때에 따라서는 우리가 이제까지 붙들고 있었던 허망한 이해를 과감히 던져 버릴 수 있게 됨을 의미하는 셈입니다.

삶에 대한 릴케의 숙고들은 무엇보다도 삶이란 어려운 것이라는 통찰에서 출발하고 있지만, 릴케는 그러한 어려움의 존재를 우울이나 무력감, 혹은 체념이나 포기의 근거로 삼지 않았습니다. 우리가 삶의 어려움으로 느끼게 되는 것들은, 말하자면 막 움트기 시작한 싹눈 위에 버티고 있는 단단한 대지와 같은 것이기 때문입니다. 그것들 아래에 웅크린 채로, 다시 말해 땅 속에 묻힌 채로 머무른다는 것은 결국 삶을 살아갈 수 없다는 것을 의미하며, 따라서 우리는 어떻게든 이 어려움을 뚫어 내려 노력해야만 하는 것입니다. 결국 어려움이란 곧 우리로 하여금 삶을 진지하게 받아들일 수 있게 해주는 계기가 됩니다. 다시 말해 그것이 우리에게 좋은 것이든 나쁜 것이든, 어려움을 통해 우리는 모든 삶의 단면들을 진지한 태도로 맞이하게 되는 것입니다. 릴케는 삶이 우리를 향해 절대적으로 열려 있으므로, 그것을 진정으로 인식하는 데 필요한 것은 오로지 우리의 용기뿐이라고 확신하고 있었습니다.

"할 수 있다면, 평일에도 즐거운 마음으로 일어나시기 바랍니다. 만약 그럴 수 없다면, 아래와 같은 것들을 질문해 보도록 하십시오. 무엇이 당신을 방해하는지, 당신이 가고자 하는 길 위에 어려움이 놓여 있는지, 무엇이 당신으로 하여금 그 어려움에 반대하게끔 만드는지를 말입니다. 어려움에 대해서라면, 당신은 이미 많은 것을 알고 계십니다. 이를테면 어려움이 당신을 죽일 수도 있으며, 어려움이란 그 정도로 대단하고 강력하다는 사실을 말입니다. 하지만 가벼움에 대해서는 대체 무엇을 알고 계십니까? 아무것도 없습니다. 정작 가벼움에 대해서 우리는 그야말로 아무것도 기억하지 못하는 것입니다. 그렇다면 설령 선택권이 당신께 주어져 있다 하더라도, 어려움을 택하지 않아도 좋다고 말할 수 있을까요? 당신은 어려움이 당신과 얼마나 친밀한 것인지 느끼지 못하시는지요? (……) 혹시 당신은 새로 움트려는 싹에게는, 땅 속에 묻힌 채로 머무르는 것이 오히려 더 어려운 일일지도 모른다고 생각하십니까?—거기에는 쉬움도 어려움도 없습니다. 삶 자체가 곧 어려움입니다. 그리고 당신은 삶을 살고자 하고 계시지 않습니까?"

이렇듯 릴케의 언어 사용에서 '어려움'은 더없이 의미심장하고 중요한 의미를 지니고 있습니다. 릴케는 그야말로 무자비한 삶의 계도자였던 셈입니다. 그는 우리가 우리 자신을 절대적으로, 그리고 진지하게 받아들여야 한다고 강경하게 요구합니다. 물론 이것은 우리가 우리 각자의 문제들, 경험들, 감정들에만 매몰된 채 그것들을 삶에 우선하라는 의미가 아닙니다. 릴케에게 삶으로 나아가는 길이란 가혹한 자기 시험과 자기 성찰을 통하여, 삶 자체에 대한 통찰로 향해 가는 과정을 뜻했습니다. 말하자면 그것은, 삶이란 가장 험난한 시간들 속에서 조그마한 무언가를 넘어서는 일 그 자체임을, 우리는 가장 명료하게 주어진 순간들에서조차 우리 삶의 전체를 보지 못하고, 오로지 작은 부분들과 단면들만을 볼 수 있을 뿐임을 깨닫는 과정인 것입니다. 만약 우리가 이처럼 엄격한 시험을 거침으로써 우리 자신을 통과해 나갈 수 있다면, 우리는 믿을 수 없을 만큼 광활한 삶의 폭에 다다를 수 있게 되는 것입니다. 릴케가 보기에, 이러한 통찰 속에서 개인적인 체험이나 경험이란, 그것들이 충분히 진지하거나 행복한 것이 아닌 이상, 상대화될 수밖에 없었습니다. 그것들은 우리를 우리 삶 안으로 침잠할 수 있도록 해주지만, 삶 자체는 언제나 이러한 부차적인 요소들 너머에 존재하고 있기 때문입니다. 우리가 삶의 광대함을 이해하게 되는 그 순간, 우리는 곧바로 우리의 일상적인 문제들에 더는 진지한 태도로 임할 수 없게 됩니다. 개개의 사건들 하나하나에 주의를 기울이는 대신, 이제는 그것들을 삶의 폭과 크기를 보다 예리하게 인식하기 위한 일종의 렌즈로 바라보게 되는 것입니다.

그러나 바로 그렇기 때문에, 삶에 수반되는 여러 문제들은 릴케에게 결코 부차적인 것이 될 수가 없었습니다. 실제로 그것들은 우리가 삶 자체에 대한 인식으로 들어서기 위한 입구이기 때문입니다. 무엇보다도 릴케 그 자신부터가(또는 우리가), 삶 속에서—그가 아내인 클라라Clara Westhoff Rilke에게 1907년 6월 26일에 쓴 편지에 쓰고 있듯이—자발적으로 어려움을 마주할 수 있으리라 믿지는 못하고 있음을 고백했던 것입니다.

"삶은 복잡하기 그지없는 오만을 끌어들이곤 합니다. (그러나) 우리가 간단히 도달할 수 없었던 것들을 향해, 삶이 우리를 손쉽게 데려가는 일은 아마 없을 것입니다."

삶이 우리에게 종종 강요하는 산만함은 말하자면 삶 속 깊은 곳에 뿌리를 내리고 있는 것입니다. 그러나 한편으로 이와 같은 산만함의 존재는 우리를 구원해 주는 것이기도 합니다. 왜냐하면 우리는 대체로 우리 삶의 거대한 전망을 도저히 견뎌 내지 못하기 때문입니다. 저 전망들 안에 깃들어 있는 어려움의 존재로 말미암아, 우리는 고작해야 눈앞에 주어진 것들에 극히 짧은 시간 동안 집중할 수 있을 뿐인 것입니다. 그러나 이러한 순간들은 한정적으로만 주어져야 할 것인데, 왜냐하면 한편으로 삶은 다름 아닌 이러한 시간들 속에서 점차 물러나기 때문입니다. 릴케는 그와 가까이 지냈던 마리 폰 투른 운트 탁시스Marie von Thurn und Taxis 후작부인에게 보낸 1912년 1월 16일의 편지에서 이러한 역설에 대해 다음과 같이 적고 있습니다.

"당신은 길을 잃으신 겁니다. (……) 만약 당신이 제게 보낸 편지에 쓰신 것처럼 스스로를 약하다고 여기고 계시다면 말입니다. 당신에게 그와 같은 인상을 남긴 것은, 이런 저런 사물들이 거듭하여 흩뿌려져 있는 그런 상태이거나, 혹은 당신의 삶이 불러오는, 그리고 그와 함께 다시금 나아가는, 말하자면 처음부터 무언가를 남기는 일이 없는 그런 수많은 일들이 일상적으로 주어져 있는 그런 상태입니다. 이러한 상태를 변화시킬 수는 없습니다. 변화가 가능한 것은 아마도 그러한 사물들로 향하는 당신 자신의 상태일 것입니다. (……) 당신께 가장 진지하게 바라고 계신 것조차도 어떤 산만함의 형태를 띨 수 있다는 사실은, 정말이지 저를 놀라게 하기에 충분했습니다—그걸 뭐라고 표현해야 할 지 모르겠습니다만, 그렇게라도 하지 않으면 원하는 바에 도달할 수 없다는 공포로 말미암아, 스스로를 산만함 속으로 밀어 넣는 것이 아닐까 싶습니다. 마치 산만함 자체가 처음부터 당신에게 속한 것이라도 된다는 듯 꾸며 냄으로써 말입니다. 아마도 당신은 곧장 이 은폐를 꿰뚫어 보실 수 있을 것입니다. 위대하고 큰 것 안에서 그것은 단 한순간도 당신의 인식을 혼란스럽게 할 수 없을 테니 말입니다. 그러나 그러면서도 당신은 또한 한편으로 무언가를 잃게 됩니다. 왜냐하면 당신은 지금 사물들의 고유한 속도를 우리에게 강요하는, 그런 잘못된 속도로 사물들 앞에 나아가고 계시기 때문입니다. 이러한 잃어버림은 계속해서 쌓이고, 마침내 삶을 점점 더 물러나게 만드는 것입니다. 모든 것을 산만함으로 받아들이는 것이 일종의 구원처럼 여겨지는 시간들이 존재한다는 것을 저도 알고 있습니다. 그러나 그것은 예외적이고, 한정적이며, 말하자면 병든 자에게 주어지는 잠깐의 회복기 같은 것입니다."

릴케에게 있어 삶에 도전한다는 것은, 우선은 삶 속의 모든 사물들과 사건들을 그들에게 알맞은 속도로 맞이하는 것을 의미했습니다. 우리는 무엇이 진정 중요한 것인지를 언제든지 결정할 수 있도록, 모든 사물들에 열린 태도를 고수해야 하는 것입니다. 때문에 릴케의 태도—혹은 언젠가 그가 스스로를 가리켜 "정작 그 자신은 반보를 내딛어야 할지 한 보를 내딛어야 할지를 모르고 있는 자"로 지칭했듯이, 차라리 그의 시도나 도전이라고 부르는 편이 온당할 무언가—는 지나치게 성급한 태도로 사물들을 판단하는 것이 아니라, 우선 사물들의 작용이 우리에게 영향을 미칠 수 있도록 기다리는 것을 핵심으로 삼고 있었습니다. 우리는 사물들이 우리 안에 들어설 수 있도록 놓아두어야 하며, 바로 이러한 열림을 통해 삶은 스스로 현현하는 것입니다. 어려움이라는 것은 그러므로 릴케에게 있어서 사물들의 실제적인 의미와 사물들의 능력을 넘어선 사건으로 우리를 데려가고, 감탄을 자아내며, 매료시키고, 이해하도록 만들어 주는, 기꺼이 받아들이고 싶은 대상이었습니다. 모든 것을 향한 이렇듯 고양된 관심의 목표는, 그러나 그것들을 마냥 큰 것으로 받아들이는 것이 아니었습니다. 그것의 진정한 목표는 모든 사물들을 그것들의 진실한 자리들 속에서, 모든 사물들이 자아내는 저 위대한 관계 안에서 바라보는 데에 있었기 때문입니다. 우리가 삶 속에서 모든 것들을 주의 깊게 대할수록, 우리가 산만하게 관심을 흐트러뜨리거나 불필요한 것들에 열중하게 되는 일은 줄어들게 됩니다. 그럼으로써 비로소 릴케가 삶 속에서 지니고자 했던 저 진지함은 끊임없이 이리저리로

휩쓸려 다니는 산만함과 흥분의 상태로부터 벗어나, 고요하고 자유로운 상태에 도달할 수 있게 되는 것입니다.

릴케가 삶 전체에 걸쳐 도달하고자 했던, 진지함으로 가득한 이 상태는 그리하여 마침내 우리의 눈앞에 존재의 가장 아름다운 면모들을 열어 주게 됩니다. 우리가 삶을 그것의 모든 가능성 속에서 진정으로 열어젖힐 때, 세계가 우리에게 주어질 것이기 때문입니다. 릴케는 한편으로는 자기 자신을 이해하기 위해서 세계를 이와 같은 관점에서 풍부하게 다루었지만, 다른 한편으로 이러한 관찰의 목표는 우리의 삶을 이끄는, 그러나 릴케에게는 끝내 닫혀 있는 채로 존재했던 세계의 저 거대한 관계에 대한 이해를 향하고 있었습니다. 그가 스스로를 이해하기 위해 분투하고 있었던 어느 고독의 시기에 부쳐진, 마리 폰 투른 운트 탁시스 후작부인에게 보낸 같은 날의 편지에서 그는 아래와 같은 인상 깊은 서술을 남깁니다.

"저는 온종일 제 삶이 만들어 낸 미로 같은 덤불 속을 기어 다니고 있습니다. 마치 야생의 짐승들처럼 소리를 지르고 손뼉을 치면서 말입니다. 얼마나 소름 끼치는 짐승들이 거기서 날뛰고 있는지 당신은 믿지 못하실 겁니다."

만약 저 불분명하고 다듬어지지 않은 경험들을 일거에 몰아낼 수 있다면, 당연히 우리의 시야는 더욱 커다란 관계를 향해 열리게 될 것입니다. 그러나 삶에 대한 릴케의 관찰은 우리에게 일상적인 사건들이나 사례들—위에서 역설적으로 "미로 같은 삶의 덤불"로 표현되고 있는—을 무시할 것을 주문하는 입장이 아니었습니다. 도리어 그가 요청하는 것은, 우리가 이미 발을 딛고 있는 각자의 상황 속에서, 진정으로 거기에 존재하는 것들이기 때문입니다. 삶을 이해하고 규명하고자 했던 숱한 노력들 속에서, 릴케가 그토록 사소하고 작은 것들에 주목했던 것은 이러한 이유에서였습니다. 비록 수차례 개인적인 만남을 가졌을 정도로 프로이트Sigmund Freud에게 감탄해 마지않았음에도 불구하고, 릴케가 보기에는 정신분석학의 방법조차도 우리 자신을 온전하게 설명해 내기엔 충분하지 못했습니다. 우리 안에 흩어져 있는 사물들의 토대로부터 어떠한 전망을 거머쥐기 위해서는, 결국 우리 안에 존재하는 저 "덤불"에 과감하게 뛰어들어 그곳을 기어가는 수밖에 없었던 것입니다.

이미 앞에서 살펴본, 우리에게 기쁨과 함께 고통을 주는 이러한 태도는 그러나 삶 앞에서는 그 모습을 감추고 맙니다. 왜냐하면 삶은 릴케에게 있어, 그가 더없이 인상적인 표현을 발견했을 때조차, 혹은 다름 아닌 바로 그 순간에, 언제나 이해할 수 없는 것으로 남아 있기 때문입니다. 삶 속에서 어려움으로 자리하는 모든 것은 "일종의 과제처럼 부여되는 그 어마어마한 압력으로 말미암아 우리를 보다 깊고 보다 내밀한 층위로, 다시 말해 우리가 그로부터 더욱더 풍요롭게 자라나게 될 삶의 층위로 밀어붙이는 것입니다." 이것이 바로 릴케가 1919년 9월 11일 아델하이트 폰 마르뷔츠Adelheit von der Marwitz에게 보낸 편지에서 이야기했던 삶의 기이함입니다. 삶은 언제나 보다 깊은 층위에 스스로를 숨겨 두고, 우리가 저 깊이로 나아갈 수 있는 방법은 오직 삶을 통하는 방법밖에 없는 것입니다. 하기야 우리가 만약 삶을 향하지 않는다면, 달리 어느 곳을 향할 수 있을까요? 우리는 삶을 등지려 할 때조차도, 다시금 삶 자체 안에 서게 됩니다.

릴케는 우리가 삶 속에서 무의미하고 부차적이며 하잘것없는 현상들, 혹은 어떤 특정한 사건을 통해 일어난 강한 감정이나 경험에 휘둘려서는 안 된다고 경고합니다. 그렇게 된다면 우리는 삶 안에 존재하는 대신, 삶 자체로부터 멀어지는 길을 택하게 될 것이기 때문입니다. 삶은 우리가 그것에 모든 관심을 쏟을 것을 요구하지만, 우리가 살아가는 순간들 역시도 우리의 관심이 없이는 존재할 수 없게 마련입니다. 우리가 세계의 풍부함에 아무런 관심을 기울이지 않고 산다는 것은, 곧 우리가 세계 속에서 실마리나 해답을 발견한다 해도, 그러한 발견이 어떠한 결론에도 다다를 수 없으리라는 것을 뜻하는 셈입니다.

"우리의 눈은 보다 잘 들여다볼 수 있어야 하고, 우리의 귀는 보다 잘 들을 수 있어야 합니다. 과실의 맛은 우리에게 더욱 온전하게 느껴져야만 하고, 우리는 더 많은 향기를 들이쉴 수 있어야 합니다. 만짐 속에서 그리고 만져짐 속에서 우리는 보다 현재적이어야 하며, 그것들을 보다 적게 잊도록 해야 합니다. 우리의 직접적인 경험들로부터 곧바로 위안을 얻기 위해서는, 그것들이 우리를 흔들어 놓는 저 모든 고통들보다 더 많은 확신을, 중요성을, 진실함을 지니고 있어야만 하는 것입니다."

릴케의 숙원은 그가 1915년 8월 6일에 마리 폰 투른 운트 탁시스 후작부인에게 보낸 편지에서 알 수 있듯이, 우리의 관심을 삶을 향한 것이 아니라, 삶 속으로 되돌리는 데에 있었습니다. 우리가 삶에 대해서 혹은 삶으로부터 무언가를 이해하고자 하게 될 경우, 그와 같은 노력은 그 즉시 우리를 삶으로부터 튕겨나가도록 만들고 맙니다. 때문에 릴케는 그의 언어를 통해 다만 삶 속으로 점점 더 깊이 파고들어 가려 했을 뿐, 그 이상을 원하지 않았던 것입니다. 그리고 삶이란 언제나 우리를 넘어선 무언가인 까닭에, 릴케가 말 속에서 발견하고자 한 것은 다름 아닌 그 자신이었습니다. 릴케가 주고받은 서신들에서 삶이 설명되는 일은 없습니다. 다만 그는 삶의 폭과 가능성을 주의 깊게 재어 보고 있을 뿐인 것입니다.

릴케는 무서울 정도로 넓게 펼쳐진 세계의 폭을, 그것을 통해 우리 자신을 진정 무한하게 이해할 수 있는 어떤 가능성으로 여겼습니다. 삶이 우리를 끊임없이 놀라게 하고 압도하는 만큼, 우리는 그와 같은 삶 속에서, 다시 말해 삶으로부터 벗어나지 않으면서도 얼마든지 스스로를 급진적으로 변화시킬 수 있는 것입니다.

그의 가장 유명한 시들 중 하나인 「고대의 아폴로 토르소 Archäischer Torso Apollos」에서, 릴케는 특출한 조각가의 숙련된 솜씨에 상응하는 어떤 무시무시한 힘을 그 매끄러운 표면 아래에 간직하고 있는, 어느 머리 없는 고대의 대리석 조각상을 묘사하고 있습니다. 머리가 없음에도 불구하고 그 놀라운 아름다움으로 말미암아 오늘날까지도 여전히 감상자를 사로잡는 이 놀라운 조각상에 대한 릴케의 묘사는, 그러나 별안간 전혀 예측할 수 없었던 구절로 마무리됩니다. "당신은 당신의 삶을 바꾸어야 한다." 언뜻 이 요청은 그야말로 아무런 접점이 없이 갑작스럽게 튀어나온 것처럼 보입니다. 그러나 우리에게 가장 어려운 일—스스로를 변화시키는 것—에 의해 별안간 일어난 이 단절을 통해서, 릴케는 차가운 대리석에 대한 자신의 저 묘사에 생명을 불어넣고 있습니다. 한 편의 시에서 예술작품에 대한 묘사 직후에 급작스럽고 이해할 수 없는 결론을 배치했던 것처럼, 그렇게 스스로를 바꾸는 것, 이것이야말로 릴케에게는 삶 그 자체였던 것입니다. 동료 시인이었던 휴고 폰 호프만스탈Hugo von Hofmannsthal은 「고대의 아폴로 토르소」의 이러한 배치를 실패한 시도로 여겼습니다. 그가 보기에는 마지막 행의 단절이 지나치게 급작스러우며, 앞선 시행들과의 관계 역시 그다지 밀접하지 못했기 때문입니다. 그러나 오히려 그가 지적하고 있는 단절이야말로 릴케가 진정으로 의도한 바였습니다. 묘사적인 표현으로부터 별안간 명령문으로 넘어가는 저 급격한 변모를 통해, 릴케는 삶이란 곧 변화라는 사실을, 또한 우리는 삶의 가장 커다란 변곡점 위에 서 있을 때에야 스스로를 가장 생생하게 살아 있는 존재로 느낀다는 것을 강조하고 있었던 것입니다. 그리하여 릴케는 시도니 나드헤르니 폰 보루틴에게 보낸 1911년 12월 8일의 편지에서 다음과 같이 이야기합니다.

> "그러나 삶이란 변화입니다. 좋은 것이 곧 변화이듯, 나쁜 것 또한 그렇습니다. 그렇기에 모든 것을 다시는 되풀이되지 않을 무언가로 받아들이려는 이의 태도는 지극히 옳은 것입니다."

우리가 삶 속에서 일어나는 커다란 변화 속에서 스스로를 가장 생생하게 느낄 수 있는 것은, 우리가 저 변화의 짧은 순간을 통해 시간과 하나가 되기 때문입니다. 우리가 모든 가능성과 불가능성들로부터 시선을 놓칠 때마다, 우리는 삶에 깃들어 있는 저 무시무시한 폭의 존재를 전혀 잘못된 방식으로 받아들이곤 합니다. 이러한 폭은 그러나 우리에게, 우리 자신을 변화시킬 용기를 제공해 줍니다. 왜냐하면 변화를 수반하는 모든 이별과 단절은 단지 그것으로만 머물지 않으며, 어딘가 다른 곳에서는 얼마든지 지양될 수 있기 때문입니다.

> "우리는 삶의 폭과 가능성에 대해 끊임없이 그리고 충분히 생각할 수 있습니다. 어떤 운명도, 거부도, 곤궁도 그저 절망적이기만 할 수는 없습니다. 형편없이 말라비틀어진 덤

불조차도 어딘가에서는 이파리를 틔우고, 꽃을 피우며, 열매를 맺습니다. 이곳의 섭리로부터 가장 동떨어진 곳에서조차도, 어딘가에는 이 꽃들의 결실을 실어 나를 벌레들이 존재할 것이고, 열매들을 기쁘게 받아들일 굶주림이 존재할 것입니다. 어쩌면 이 열매들은 씁쓸한 맛을 낼 수도 있겠지만, 적어도 누군가의 눈에는 경이로울 것이며, 그럼으로써 그에게 즐거움을, 형태와 색에 대한 관심을, 덤불숲이 생겨난 과정을 향한 호기심을 선사할 것입니다. 만약 열매들이 떨어지게 된다면, 그것이 내려앉는 자리는 앞으로 다가올 것들의 충만함 속일 것이며, 그리하여 열매가 썩어가는 와중에도 보다 풍요롭고 다채로운 것이, 그 존재에 육박하는 무언가가, 새롭게 자라나는 무언가로 거듭나게 될 것입니다."

삶에 대한 릴케의 숙고에서 가장 결정적인 부분은, 아네테 드 브리스Annette de Vries에게 보낸 1915년 8월 25일의 편지에서 뚜렷하게 드러나고 있습니다. 다름 아닌 스스로를 삶에 온전히 내맡겨야 한다는 요구로 말입니다. 사실 따지고 보면 우리는 애초에 별다른 선택지를 가지고 있지도 않습니다. 결국 삶 속에서는 우리가 좌지우지할 수 없는 수많은 사물들이 우리에게 부딪혀 올 것이기 때문입니다. 그러나 만약 우리가 이와 같은 상황을 받아들인다면, 우리는 삶을 도저히 어찌할 수 없다는 사실뿐만이 아니라, 그러면서도 여전히 우리가 무언가를 바꿀 수 있다는 희망을 거머쥘 수 있게 됩니다. 주어진 삶 자체를 조종하려는 열망—모든 것을 포괄할 수 있는 삶의 철학을 향한 소망이나, 신비한 영적 지도자를 갈구하는 마음 따위도 마찬가지로 여기에 속할 것입니다—은 으레 우리의 앎을 가로막고, 삶이 실제로는 고정되어 있지 않으며, 전혀 다른 형상으로 새롭게 직조될 수 있다는 사실을 깨닫지 못하게 만들고 맙니다. 우리는 이런 환상들을 놓아 버림으로써, 바로 그곳으로, 삶 속으로 되돌아가야만 합니다. 그곳에서 우리는 비로소, 마치 태초의 시간에 그러했듯이, 진정으로 살아 있게 될 것입니다.

"그러나, 마치 그들을 증오하고 붙잡아 두는 감옥이라도 된다는 듯

모두가 스스로를 그렇게 여기며 벗어나려 애쓰지만—
이 세계에는 여전히 위대한 기적이 일어나고 있습니다:
그리하여 저는 느끼게 되는 것입니다, 모든 삶이 살아지고 있다고.

울리히 베어
Ulrich Baer

옮긴이 후기

사실을 고백하자면, 본래 이 자리는 이제 막 번역이라는 작업을 첫 번째로(결국 두 번째 번역이 되었지만) 끝낸 제가 이러저러한 감회나 기대, 일말의 두려움 따위를 이야기하는 자리가 될 예정이었습니다. 그랬다면 아마 저는 지금쯤 번역의 불가능성에 대한 익숙한 고백들을 장황하게 풀어놓고 있었거나, 또는 저 자신의 모자란 실력에 대한 변명을 궁색하게 주워섬기고 있었겠지요. 하지만 보시다시피 제가 이 자리에서 말씀드리려는 것이 둘 중 어느 쪽도 아니게 된 까닭은, 무엇보다도 제가 이 책으로부터 한 번 도망치려 했었기 때문입니다.

본문에 앞서 이미 소개드린 바 있지만, 기본적으로 이 책의 대부분은 릴케의 편지에서 발췌된 문장들로 이루어져 있으며, 따라서 『말테의 수기』나 『기도시집』에서 발췌된 극히 일부의 구절들을 제외한다면, 사실상 릴케의 '산문집'이나 '서간집'이라 해도 무리가 없을 구성을 지니고 있습니다. 하지만 그렇다고 해서 이 책에 수록된 릴케의 문장들이 순순히 그들이 품고 있는 내밀한 의미를 내어 주는 것은 아니었습니다. 무엇보다도 릴케의 언어 자체부터가 그야말로 '시인다웠던' 까닭입니다. 한 세기가 넘게 벌어져 있는 시간의 틈이 만들어 낸 언어적 차이도 차이였지만, 그 이상으로 릴케의 독일어 문장들은 웬만해서는 선뜻 이해하기 힘든, 가히 수수께끼라 해도 좋을 만큼 모호하고도 복잡한 면모를 지니고 있었습니다(개중에 몇몇 구절들의 경우에는 제가 자문을 구했던 독일인조차 제대로 읽어 내지 못했을 정도로 말입니다).

고심 끝에 저는 출판사 관계자분들과의 협의 끝에, 이 책을 제 손으로 옮기기를 포기하기로 결정했습니다. 처음 도전해 보는 일이라는 부담에 못지않게, 저의 모자란 번역으로 책이 담고 있는 의미를 어설프게 전달하고 싶지가 않았기 때문입니다. 대신에 저는 저보다 독일어와 독일 문화에 대해 훨씬 깊은 이해를 지녔으며, 무엇보다도 그와 같은 바들을 시인으로서 경험하는 동시에 '살아가고' 있었던 허수경 시인에게 작업을 부탁하기로 하였습니다. 다행히도 시인은 평소 본인이 품고 있었던 릴케에 대한 애정을 피력하면서, 무례하다면 무례했을 이 제안에 흔쾌히 응해 주었습니다. 그러나 당시로서는 저도, 출판사 관계자분들도, 허수경 시인이 이미 오래 전부터 병마와의 힘겨운 투쟁을 이어가는 와중이었다는 것을 전혀 알지 못했습니다. 그렇게 얼마간의 시간이 흐른 뒤, 제가 다른 번역 작업을 끝내고 이제 막 책 하나를 세상에 내놓으려 할 무렵, 다소 갑작스럽게, 오랫동안 기다렸던 소식이 마침내 독일로부터 날아들었습니다. 하지만 그것은 애타게 기다리고 있었던 시인의 아름다운 문장이 아니라, 간단한 초벌 번역의 원고, 그리고 시인의 안타까운 부고였습니다.

전혀 예상할 수 없었던 이 안타까운 소식 앞에서, 결국 저는 제가 한 번 도망쳤던 데에 대한 책임을 질 수 있는 사람은 오로지 저뿐이라는 사실을 새삼스레 깨달아야 했습니다. 그토록 먼 길을 돌고 돈 끝에, 저는 다시금 이 책을 홀로 마주해야 할 입장이 되었던 것입니다. 그리고 흡사 이 책에 수록된 릴케의 문장들에 끼워 맞추기라도 한 듯, 결과적으로 저는 눈앞의 '어려움'을 얄팍하게 피하려 들었던 데 대한 대가를 혹독하게 치러야만 했습니다. 처음 제가 겁을 집어먹고 도망치려 했던 것은 릴케 한 사람의 언어에 불과했지만, 이제는 그뿐만 아니라 돌아가신 허수경 시인의 언어까지도 짊어지지 않으면 안 된다는 무거운 책임을 떠안아야 했기 때문입니다. 다시 말해 저는 릴케 자신의 언어가 내포하는 세계는 물론, 그것을 발췌해 엮은 울리히 베어 교수의 사유와 더불어, 한국어와 독일어 사이에서 그만 멈춰 버린 허수경 시인의 마지막 시간들까지도 온전히 끌어안아야만 한다는 터무니없는 과제를 부여받았던 것입니다. 그리고 당연하게도, 그것은 말하자면 하나의 문장 안에 세 사람의 언어와 사유를 녹여내야만 하는, 불가능에 가까운 요구일 수밖에 없었습니다.

그러나 한편으로 저 불가능에 가까운 '어려움'의 존재는, 제가 이 책이 그리고 있는 길들을 더듬거리며나마 따라갈 수 있도록 인도해 주는 유일한 빛이기도 했습니다. 때로는 릴케의 문장 속에서 잃었던 길을 베어 교수의 생각을 헤아리는 와중에 찾아내기도 하고, 때로는 허수경 시인의 경계의 말들 속에서 불현듯 릴케의 음성이 공명하고 있음을 느끼기도 하면서, 그렇게 저는 조금씩 릴케가 이야기하고 있는 '삶'에, 모든 논리와 맥락을 단칼에 잘라내듯 갑작스레 짓쳐 드는, "당신은 당신의 삶을 바꾸어야 한다"는 저 당혹스런 요구에 조금씩 다가갈 수 있었습니다. 만약 제가 저들 중 어느 하나라도 만나지 못했다면, 가령 릴케의 문장을 그의 편지나 작품 등으로 직접 만나야 했다면, 저는 아마도 지금만큼 저 의미에 가까이 다가가지는 못했을 것입니다. 설령 제 모국어가 독일어였다거나, 혹은 제가 오랫동안 릴케를 연구해 온 입장이라 했더라도 말입니다. 역설적이게도 저는 저의 비겁한 도피 덕분에, 릴케가 말하는 삶의 어려움과 번역 행위의 근본적인 불가능성이 정확히 교차하는 지점에 서 보는 축복을 누릴 수 있었던 셈입니다.

물론 이 놀라운 축복이란 어디까지나 눈앞에 산재한 어려움을 직접 마주함으로써, 또는 차라리 저 어려움을 스스로 키워냄으로써 비로소 경험될 수 있었던 것이었음을 저로서는 다시 한 번 강조해 두고 싶습니다. 아마도 릴케 역시도 이렇게 말했을 것이며, 또한 이 점에 대해서라면 정말이지 아무리 강조해도 결코 지나침이 없을 것이기 때문입니다. 말하자면 제가 지난날 공포에 사로잡혀 도망치려 했으며, 끝내 마주해야 했던 저 모든 어려움들은, 다시금 깊이를 알 수 없는 막막함과 싸우며 릴케의 수많은 저작들과 편지들을 하나하나 읽어 내렸을 울리히 베어 교수의 노고로, 밀려드는 고통에 맞서 마지막까지 삶과 언어의 편에 서고자 했을 허수경 시인의 용기로, 그리고 무엇보다도 고독과 불안 속으로 끝없이 스스로를 몰아넣으며 자기 자신을 채찍질했던 릴케의 분투로 이어짐으로써, 저 모든 어려움들이 단순히 삶에 적대하는 것이 아니라, 오히려 그와 같은 부정성을 통해 삶의 가능성을 끌어올리는 무한한 이중나선을 이루고 있음을 끊임없이 증명해 내고 있었던 셈입니다. 결국 장황하고 궁색한 변명이 되어 버리고 말았지만, 이것이 지금 이 자리를 빌어 제가 독자 여러분께 말씀드리고 싶은, 아니 말씀드릴 수 있는 전부입니다. 제가 아둔한 탓에 미처 깨닫지 못했거나, 혹은 이 자리에서 미처 다 말씀드리지 못한 것들에 대해서라면, 울리히 베어 교수의 친절한 해설을 통해, 그리고 무엇보다도 릴케 자신의 문장들을 통해 만나 보실 수 있을 것입니다. 다만 한 가지 바라는 것이 있다면, 지금 제가 누리고 있는 이 축복이, 혹은 지난날 저의 부족함과 비겁함이 불러온 저 어려움의 가호가, 제가 옮긴 이 책의 문장들에 다만 조금이라도 녹아들 수 있었기를 소망해 볼 뿐입니다. 그럼으로써 이 책을 읽어 주시는 모든 분들께, 저 크고도 위대한 삶으로 나아갈 한 줌의 용기를 보탤 수만 있다면, 저로서는 그 이상 기쁜 일이 없을 것입니다.

당신은 당신의 삶을 바꾸어야 한다

라이너 마리아 릴케 — 삶을 위한 일곱 개의 주석

발행일 **2020년 2월 29일 초판 1쇄**
2021년 9월 30일 초판 2쇄

엮은이 **울리히 베어**
옮긴이 **이강진**
펴낸이 **연주희**
펴낸곳 **에디투스**
등록번호 **제015–000055호(2015.06.23)**

경기도 성남시 분당구 황새울로51번길 10, 401호
전화 070–8777–4065 팩스 0303–3445–4065 이메일 editus@editus.co.kr
www.editus.co.kr

ISBN 979–11–966224–2–8

이 도서의 국립중앙도서관 출판예정도서목록(CIP)는
서지정보유통지원시스템 홈페이지(seoji.go.kr)와
국가자료공동 목록시스템(www.nl.go.kr/kolisnet)에서
이용하실 수 있습니다. (CIP 제어번호: CIP2020006574)